식물
읽어 주는
아빠

식물 읽어 주는 아빠

1판 1쇄 발행일 2017년 4월 28일 | 1판 3쇄 발행일 2018년 6월 8일 | 글쓴이 이태용 | 일러스트 미호 | 펴낸곳 (주)도서출판 북멘토 | 펴낸이 김태완 | 기획 이희주 | 편집장 이미숙 | 책임편집 지근화 | 편집 오지숙 | 꽃그림·디자인 책은우주다 | 마케팅 이용구, 강동균 | 출판등록 제6-800호(2006. 6. 13.) | 주소 03990 서울시 마포구 월드컵북로 6길 69(연남동 567-11), IK빌딩 3층 | 전화 02-332-4885 | 팩스 02-332-4875

※ 잘못된 책은 바꾸어 드립니다.

※ 책값은 뒤표지에 있습니다.

※ 이 책에 나오는 식물의 학명은 국제식물명명규약에 따라 라틴어 방식으로 표기했습니다.

ISBN 978-89-6319-224-6　(03810)

「이 도서의 국립중앙도서관 출판예정도서목록(CIP)은 서지정보유통지원시스템 홈페이지(http://seoji.nl.go.kr)와 국가자료공동목록시스템(http://www.nl.go.kr/kolisnet)에서 이용하실 수 있습니다.(CIP제어번호: CIP 2017008951)」

식물 읽어 주는 아빠

이태용 지음

북멘토

사람들은 치열하고 변화무쌍한 세상살이를 각자 자신만의 방식으로 돌파해 갑니다. 어떤 이들은 일 속에서 돌파구를 찾기도 하고, 어떤 이들은 취미 속에서 해방구를 만듭니다.

식물이 제 삶의 방식을 규정짓는 존재가 된 것은 지금으로부터 약 15년 전입니다. 그 당시 저는 다니던 출판사를 그만두고, 어린이 책 공부를 위해 일본으로 갔습니다. 그리고 그곳에서 '식물'을 만났습니다.

오래된 동네의 좁은 골목길. 나이는 먹었지만 기품이 넘치던 그 골목길에서 저는 주인의 정성과 사랑을 듬뿍 받고 자란 게 틀림없는 식물들을 만났습니다. 그 식물들은 외국 생활에 대한 경계심과 불안감으로 굳어져 있던 제 마음을 일시에 무장해제시켰습니다. 그저 길가나 아파트 단지를 꾸미는 장식물 정도로 치부했던 식물이 제 삶의 한가운데로 들어오는 순간이었습니다.

삶의 추동력을 이끌어 낼 만큼 식물에게는 정말 대단한 힘이 있는 걸까요? 저는 망설임 없이 "예."라고 대답할 수 있습니다. 특히 아직 살아갈 날이 까마득한 아이들은 그 영향력이 생각보다 훨씬 더 큽니다. 저는 그 사실을 몇 해 동안 어린이 원예교실을 운영하며 깨달았습니다. 앞으로 더욱 살기 힘들어질 게 분명한 세상. 자라나는 아이들에게, 그리고 그 부모들에게 식물이 위안이 되고 희망이 되면 좋겠다는 마음으로 글을 썼습니다.

지금 우리나라에서 '자녀 교육'이라는 말만큼 부모의 머리를 복잡하게 만드는 것도 없을 겁니다. 무한 경쟁 시대에 어떤 잣대와 철학으로 아이를 돌봐야 할지, 어떻게 하면 아이가 지나친 승부 의식에 사로잡히지 않고 오롯이 자신의 길을 가게 할 수 있을지 참 어렵고도 어려운 문제입니다.

이런 현실에서 저는 식물, 특히 원예식물이야말로 부모와 자식 간 소통의 도구가 될 뿐만 아니라, 아이의 미래를 이끌어 주는 나침반이 될 수 있다고 생각합니다.

원예식물은 웰빙이라든지 환경 문제 같은 사회적 이슈 덕분에 조명을 받고 있기는 합니다. 하지만 실내 공기 정화나 아토피 예방, 인테리어같이 기능적인 부분에만 초점이 맞춰져 있습니다. 원예 관련 서적 또한 그러한 세태를 반영해 대부분 식물에 관한 기본 지식을 다루는 도감 형태, 웰빙이나 인테리어에 도움이 되는 실용서 위주로 출간되고 있습니다.

저는 그런 지식이나 정보보다는 '이야기'에 주목하고 싶었습니다. 식물은 살아 있는 생명인지라 함께 생활하다 보면 쉴 새 없이 우리에게 이야기를 들려줍니다. 저는 그 이야기들을 다른 분들께, 특히 아이를 열심히 키우고자 하는 엄마와 아빠들과 나누고 싶었습니다.

원예식물이 갖고 있는 이야기, 원예식물로부터 떠올릴 수 있는 이야기들이야말로 어른과 아이, 부모와 자식을 엮어 주는 중요한 매개체라고 생각합니다. 특히 스토리텔링이 중시되는 이 시대에는 더욱 그러하지요.

이 책에는 집에서 쉽게 키울 수 있는, 그리고 아이들이 좋아하는 원예식물 40여 종에 대한 이야기가 담겼습니다. 대개의 내용은 제가 운영하는 어린이 원예교실 그린핑거에서 아이들과 함께 경험하며 느낀 것들입니다. 책 말미에는 이 책에 등장하는 각 식물에 대한 정보를 비롯해 아이가 식물과 친해지려면 어떻게 해야 하는지, 식물과 관련해 읽어 줄 만한 그림책은 뭐가 있는지 등에 대해서도 덧붙였습니다.

원예식물과 함께하며 항상 느끼는 거지만, 원예식물은 야생화와 달리 늘 집 안에서 키우고 즐길 수 있기 때문에 도시의 아이들이 식물, 그리고 자연과 친해지기에 이만큼 좋은 대상이 없습니다. 이 책을 계기로 원예식물이 들려주는 이야기에 더 귀 기울이게 되기를, 그리하여 원예식물과 함께 삶이 더 윤택해지기를 바랍니다.

2017년 봄에

그린핑거 이태용

| 차례 |

나를 가르치는 너

함께에야 아름답다

넌 이름이
뭐니?

몇 해 동안 키워 온 식물인데도 이름을 모르는 경우가 있겠지요. 하지만 대개는 꽃집에서 마음에 드는 식물을 발견했을 때 가장 먼저 이름부터 물어 봅니다. 생면부지의 사람을 처음 만났을 때 서로 이름 먼저 밝히듯이 이름은 식물에 대해 알아가는 첫걸음이라 할 수 있습니다. 식물의 이름에는 많은 이야기가 숨어 있기 때문이지요.

이름 한번 잘 지었네

구문초 ─ Rose geranium

장동건 이름이
장복남이었다면?

'내 이름은 과연 나에게 잘 어울리는 걸까?'

혹시 이런 생각을 해 본 적은 없으신가요? 이름은 마치 옷과 같아서 그 사람의 이미지에 큰 영향을 끼칩니다. 만약 미남의 대명사인 배우 장동건의 이름이 '장복남'이었다면 어땠을까요? 아마도 '복남'이란 이름이 주는 토속적인 느낌 때문에 장동건의 서구적인 외모는 한풀 꺾였을지도 모릅니다. 지금처럼 미남의 대명사가 되지 못했을 수도 있고요.

사람들이 흔히 하는 말인 '이름값 한다'도 이와 같은 맥락일 겁니다. 바꿔 말하면 사람은 자신의 이름에 걸맞게 살아간다는 뜻일 텐데요. 아마 이런 이유로 어떤 사람들은 아기가 태어났을 때 굳이 비싼 돈을 내고 작명소에서 이름을 받는 모양입니다.

그러고 보면 제 이름은 뜻이 참 웃깁니다. 클 '태泰', 얼굴 '용容'. '큰 얼굴'이라는 뜻입니다. '큰 바위 얼굴'도 아니고 '큰 얼굴'. 간혹 수업 시간에 아이들에게 제 이름의 비밀(?)을 알려 주면 "선생님, 정말 얼굴이 커요?"라고 웃으며 묻습니다. 저는 이렇게 대답하지요.

"얘들아, '큰 얼굴'은 '큰사람'이란 뜻이야. 큰사람이 되라고 선생님의 엄마, 아빠가 지어 주신 거지."

하지만 솔직히 제 부모님께서 정말 그렇게 큰 뜻을 가지고 제 이름을 지은 것인지 잘 모르겠습니다. 설사 그런 의미가 담겨 있다고 해도 제가 그 이름답게 세상을 살아가고 있는지 아직까지는 잘 모르겠고요.

풀이 모기를
쫓는다고?

한여름 더위와 함께 모기가 기승을 부리기 시작하면 꽃시장에서는 구문초가 모습을 드러냅니다. 쫓아낼 '구驅', 모기 '문蚊', 풀 '초草'. 말 그대로 '모기 쫓는 풀'이라는 뜻입니다. 구문초는 사람들의 관심과 상관없이 오래전부터 존재해 온 허브식물입니다. '허브식물'이란 명칭은 딱히 식물학적 분류는 아니지만, 예전부터 '향기가 있어 사람에게 도움을 주는 식물'을 그렇게 불렀습니다.

지금처럼 의학이 발달하지 않았던 옛날에는 허브식물이 사람의 병을 고치는 약초로 많이 쓰였지만, 요즘은 파슬리, 세이지, 로즈마리처럼 요리에 쓰이거나 민트, 캐모마일처럼 차로 마시는 등 쓰임새가 많아지면서 사람들에게도 익숙해졌습니다. 구문초 또한 이런 흐름을 타고, 몇 해 전 '향기로 모기를 쫓는 식물'로 매스컴에 소개되면서 유명해졌습니다.

짐작하셨겠지만, 구문초는 이 식물의 원래 이름이 아닙니다. 본래는 달콤한 장미향을 내는 제라늄의 한 종류로서 '로즈제라늄Rose geranium'이라는 본명을 갖고 있습니다. 하지만 수업 시간에 아이들에게 로즈제라늄이란 원래 이름을 알려 주면 아이들은 모두 들은 체 만 체 귀를 기울이지 않습니다.

로즈제라늄이 기분을 상쾌하게 하고 긴장을 완화시키는 허브식물이라는 사실에는 더더욱 관심이 없습니다. 아이들의 유일한 관심은 그저 이 식물이 모기를 쫓아낸다는 것, 바로 그 자체가 재미있고 신기할 따름입니다.

'효과'보다 '상상'이 값진 세상

그렇다면 이쯤에서 갑자기 궁금해집니다. 구문초는 정말로 모기를 잘 쫓을까요? 모기들은 정말 구문초 향기를 싫어할까요? 실제로 저희 집에서 실험해 본 결과, 모기를 쫓는 데 구문초가 그다지 큰 효과는 없었습니다. 여름 내내 집 안 이곳저곳에 구문초를 놓아뒀지만, 모기들은 여전히 웽웽거렸고, 아이들은 여기저기 모기에 물렸습니다. 역시 모기를 쫓는 데는 모기향과 에어졸이 가장 효과적이고 간편하다는 사실만 확인했을 뿐이었지요.

하지만 한편으로는 이런 생각이 들기도 했습니다. 안 그래도 모든 일에 '효과'를 따지고 '간편함'이라는 단어가 '가치'보다 앞서는 이 시대에 우리 또한 이 단어들에 마냥 이끌려서 살아야 하는 걸까요? 이 단어들의 힘만 믿고 무작정 따라가다 보면 세상살이가 너무 재미없을 것 같습니다.

구문초가 비록 모기를 쫓지는 못했지만, 그래도 여름 내내 구문초와 함께한 덕분에 저희 가족은 여름밤을 즐겁게 보낼 수 있었습니다.

"얘들아, 이 집에는 우리를 쫓아내는 풀이 있어. 다른 데로 가자."

"왠지 안 좋은 냄새가 나는 것 같아. 도망가자."

침대에 나란히 누운 저희 가족의 귀에는 모기들의 이런 대화가 분명히 들렸습니다. 다른 사람들에게는 어떨지 모르지만, 저희 가족의 상상 속에서 구문초는 정말 모기를 쫓는 풀입니다. 확실히 이름값을 하는 식물입니다.

이름 없는 설움

덕구리란 — Elephant's foot tree

같은 식물
다른 이름

저는 일본에서 원예 공부를 시작했습니다. 당연히 식물의 이름도 일본어로 외웠지요. 그런데 이렇게 하다 보니 곤란한 점이 생겼습니다. 전부터 우리말 이름을 알고 있던 식물은 괜찮은데, 일본에서 새로 알게 된 식물은 우리말 이름을 알 수 없었던 겁니다. 결국 저는 식물도감에서 하나하나 찾아가며 우리말 이름을 확인해야 했습니다.

일본어는 영어의 발음 체계가 우리와 다릅니다. 그래서

같은 영어 이름을 다르게 읽는 경우가 있습니다. 예를 들어 'Adiantum'을 한국에서는 '아디안툼'으로, 일본에서는 '아지 안타무'로 부릅니다. 같은 식물인데 아예 다른 이름으로 부르는 경우도 있습니다. 'Epipremnum'의 경우 우리는 '스킨답서스'로, 일본은 '포토스'로 부릅니다. 그래서 도감을 최대한 꼼꼼히 살펴봐야 했지요.

이렇게 이름을 익히는 과정에서 한 식물에 대한 두 나라 고유의 이름을 비교해 보는 것도 꽤나 흥미로웠습니다. 꽃꽂이를 할 때 많이 사용하는 아스틸베Astilbe는 꽃에서 노루 오줌 냄새가 난다 하여 우리나라에서는 '노루오줌'이라고 부르지만, 일본에서는 '치다케사시'라고 부릅니다. 버섯의 하나인 치다케(チダケ, 젖버섯)를 아스틸베의 줄기로 꿰었기(サシ, 사시) 때문에 그렇게 부르는 모양입니다.

우리나라에서는 옛날부터 노루가 흔했으니 이름에 노루가 들어간 것이고, 일본에서는 옛날부터 버섯을 좋아했기에 이름에 버섯이 들어간 거지요. 같은 식물인데도 생활환경에 따라 다른 이미지를 연결시킨 게 재미있었고, 이를 통해 넓게는 그 나라의 문화까지 읽게 되는 것 같아 흥미롭기도 했습니다.

식물의 이름을 하나둘씩 알아 나가면서 어느 순간 제 얼굴이 빨개졌던 기억이 있습니다. 저를 당황하게 만든 주인공은 일본에서 '돗꾸리란トックリラン'으로 불리는 용설란과의 나무였습니다. 돗꾸리는 술을 담아 먹는 목이 좁고 아래가 불룩 튀어나온 술병을 말합니다. 돗꾸리란은 줄기의 모양이 돗꾸리와 비슷해 그런 이름을 얻은 식물입니다.

저는 이 이름의 유래를 보면서 우리나라에서는 돗꾸리란을 과연 뭐라고 부를지 매우 궁금했습니다. '돗꾸리 대신 뭐랑 비슷하다고 생각했을까?' 이런 궁금증으로 도감을 펼쳐 본 순간 제 눈을 의심할 수밖에 없었습니다.

'덕구리란'.

'돗꾸리란'을 발음만 약간 고쳐 읽은 것에 불과했습니다. 저는 늘 우리에게 식물 이름을 예쁘게 짓는 재주가 있다고 생각해 왔습니다. 패랭이꽃, 초롱꽃, 할미꽃, 애기똥풀, 노루귀, 매발톱꽃, 토끼풀, 개구리밥, 엉겅퀴⋯. 지금까지 만들어진 수없이 많은 이름이 이를 증명하지요. 그런데 왜 덕구리란에는 우리만의 이름을 붙여주지 않았던 걸까요? 야생종도 아닌 그저 평범한 원예종이기에 신경을 쓰지 않았던 것은 아닐까요? 저는 그 이유가 궁금하기도 하고, 한편 아이들에게 식물을 소개하는 사람의 입장에서 안타깝기도 했습니다.

서양 사람들은 덕구리란을 'Elephant's foot tree' 혹은 'Pony tail'이라고 부릅니다. 일본 사람들이 이 식물을 보고 돗꾸리라는 술병을 떠올린 것처럼 서양 사람들은 줄기를 보고는 코끼리의 발을, 잎을 보고는 뒤로 높이 올려 묶은 머리를 떠올린 것이지요. 일본에는 일본만의 이름이, 서양에는 서양만의 이름이 있다는 걸 생각하니 우리나라에 사는 덕구리란이 유독 불쌍하단 생각이 들었습니다.

조금만
기다려 줘

덕구리란의 고향은 멕시코입니다. 원래 고향에서는 10미터 정도까지도 키가 크지만, 우리가 실내에서 키우는 종류는 그렇게까지 자라지 않습니다. 원예용으로 품종이 개량된 탓도 있고,

고향과는 환경이 달라 성장이 느려졌기 때문입니다.

앞서 이야기했듯이 덕구리란은 줄기의 모양이 특이합니다. 돗꾸리나 코끼리 발처럼 아랫부분이 불룩 튀어나와 있는데, 혹처럼 생긴 그 속에는 물이 들어 있습니다. 비가 안 와서 물이 부족해지면 이곳에 모아 두었던 물을 뿌리와 줄기, 잎에 나누어 주며 기운을 차리도록 합니다. 따라서 덕구리란은 우리나라의 아파트처럼 덥고 건조한 곳에서도 잘 자랍니다. 낙타가 물 한 방울 구경할 수 없는 사막에서 오랜 기간 잘 견뎌 내듯이 덕구리란은 열악한 환경의 아파트에서 씩씩하게 살아 나갑니다.

혹시 집 안이 늘 건조하고 삭막한 느낌이 들지는 않으시나요? 그렇다면 집 안 한구석에 덕구리란의 자리를 마련해 두세요. 생명이라고는 찾아볼 수 없는 모래사막에 생명이 살아 숨 쉬는 오아시스를 만들어 드릴 테니까요.

참, 그리고 함께 살게 된 덕구리란에게는 새로운 이름을 붙여 주는 것도 잊지 마세요. '귀신머리'면 어떻고 '무다리'면 어떻습니까? 덕구리란을 대신할 우리만의 이름이 만들어져 도감에 멋지게 데뷔하는 날을 기대해 봅니다.

미안하다, 덕구리란. 조금만 기다려라!

상상 여행을 떠나자

꽃기린 — Christ plant

그 기린과 이 기린은

다르다

어린 시절 동물원에 가면 저는 기린이 가장 신기했습니다. 기다란 목과 다리, 온몸에 그려진 얼룩무늬, 그리고 무엇보다 기린만이 갖고 있는 묘한 분위기 때문이었습니다. 어린 제 눈에 기린은 이 세상의 동물이 아닌 것처럼 보였습니다. 마치 우리가 알지 못하는 다른 세상에서 온 것 같기도 하고, UFO를 타고 지구에 놀러온 우주 동물 같기도 했습니다.

"아주 먼 옛날 지구에 아직 사람이 살고 있지 않을 때 다른

별에 살고 있던 기린들이 지구에 도착했습니다. 기린들의 방문 목적은 지구가 살 만한 별인지 살펴보는 것. 하지만 조사 결과 지구는 기린들이 살기에 그리 적당한 별이 아니었습니다. 결국 기린들은 다시 자신들의 별로 돌아가는데, 몇 마리의 기린이 낙오해 그냥 지구에 살게 되었습니다. 바로 지금 기린들의 조상이지요."

만약 기린의 말을 사람들이 알아들을 수 있다면 자신들의 이런 전설을 들려주지 않을까요? 그런데 알고 보면, 기린은 정말 상상의 동물이기도 합니다. 물론 우리가 알고 있는 기린과는 다른 동물이지만요.

중국 신화에 나오는 기린은 '기'가 수컷을 뜻하고, '린'이 암컷을 뜻합니다. 기린은 앞이마에 뿔이 하나 나 있고, 말과 같은 발굽, 사슴과 같은 몸, 소와 같은 꼬리를 하고 있다고 합니다. 말 그대로 신화 속 동물이지요. 예로부터 기린이 세상에 나타나는 것은 현인이나 뛰어난 성군의 탄생 또는 죽음을 알리는 징조였다고 합니다. 공자가 태어나기 전에 공자의 어머니가 기린을 보았다고 하며, 공자가 죽기 전에도 기린이 마차에 치였다는 이야기가 전해집니다.

이렇듯 신화 속에만 살고 있던 기린이 포유류의 기린으로 변신하게 된 것은 1414년 중국에서의 일입니다. 명나라 황제 영락제가 열대 아프리카가 고향인 동물을 선물로 받았는데, 그 동물의 이름이 바로 '기린'이었습니다. 그 동물에게 '기린'이란 이름을 붙인 것은 누군가가 영락제에게 아첨하기 위해서였지요. 영락제는 그런 사실을 금세 알아차리고, 자신은 결코 현인이 아니라고 말했다 합니다. 모두 다 자신이 잘났다고 주장하는 이 시대 사람들에 비하면 영락제야말로 정말 현인이었는지 모릅니다.

내가 꽃으로
보이니?

'꽃기린'이란 이름을 처음 듣는 순간 저는 두 가지 이미지가 떠올랐습니다. 하나는 온몸에 꽃을 피운 채 미소를 짓고 있는 신화 속의 기린이었고, 또 하나는 온몸에 꽃무늬를 한 채 아프리카 초원을 뛰어다니는 포유류 기린이었습니다. 그런데 막상 식물 '꽃기린'과 마주하자 제 눈에 가장 먼저 들어온 것은 바로 '가시'였습니다. 찔리면 금세라도 피가 날 것 같은 날카롭고 억센 가시가 제 눈에 들어왔던 겁니다.

꽃기린은 줄기에 나 있는 가시 때문에 서양에서 'Christ plant 예수 식물', 'Christ thorn 예수의 가시', 'Crown of thorn 가시 면류관'이라 불립니다. 예수가 십자가에 달리기 전에 썼던 가시 면류관이 꽃기린 가시를 보며 연상되었기 때문이겠지요.

하지만 저는 'Christ plant'보다는 '꽃기린'이란 이름이 더 마음에 듭니다. 서양 종교에 등장하는 구세주보다는 동양 신화에 등장하는 동물이 훨씬 더 친근하다고나 할까요? 가시투성이 줄기를 보며 고난의 장면을 떠올리기보다는 상상과 현실을 오가는 기린의 모습을 떠올리는 게 훨씬 더 행복합니다.

꽃기린은 선인장과 식물 '목기린 *Peireskia aculeata* Mill.'과 생김새가 비슷해서 붙여진 이름입니다. 이름 맨 앞에 '꽃'자가 붙은 것은 예쁜 꽃을 오랫동안 피우기 때문이지요. 이름이 '꽃'으로 시작하는 식물들은 대부분 오랫동안 꽃을 피웁니다.

사철 피어 있는 꽃은 가시투성이인 줄기의 맨 윗부분에 붙어 있는데 빨강, 분홍, 혹은 흰색으로 예쁘게 피어 있는 것은 꽃이 아니라 사실은 포(꽃턱잎)입니다. 꽃은 겹쳐진 두 장의 포 가운데에 조그맣게 피어 있지요. 포는 빛이 부족하면 점점 색깔이 옅어집니다.

집 안 한구석에 자리 잡고 있는 꽃기린 화분을 바라봅니다. 그저 평범해 보이는 저 식물 속에는 도대체 어떤 이야기들이 숨어 있을까요? 누구에게는 그저 가시가 많은 대극과의 식물일 뿐일 테고, 누구에게는 자신을 태우고 하늘을 나는 신기한 기린일 수도 있을 겁니다.

꽃기린을 앞에 두고 온 가족이 함께 인터넷으로 검색해 보면 어떨까요? '꽃기린'을 찾아보고, 그다음에 '기린'을 찾아보세요. '기린'을 찾아 읽다가 '중국 신화' 이야기가 나오면 '중국 신화' 항목을 다시 찾아보고, '꽃기린'을 찾아 읽다가 '가시' 이야기가 나오면 '가시' 항목을 다시 찾아보면 됩니다.

하나둘씩 궁금한 게 꼬리의 꼬리를 물다 보면 어느새 우리의 몸과 마음은 시공을 초월해 그 어딘가를 여행하고 있지 않을까요? 작은 꽃기린 화분 하나로 시작하는 흥미진진한 여행. 꽤나 신나고 즐거운 여행일 것만 같습니다.

괴물을 물리치자

몬스테라 — Window leaf

엉겁결에
악당이 되다

여러분은 혹시 〈파워레인저〉를 아시나요? 텔레비전에서 한 번도 본 적이 없더라도 아마 제목 정도는 들어 보셨을 겁니다. 저 또한 예전에는 제목만 어렴풋이 알고 있다가 저희 집 두 사내아이가 유치원 다닐 무렵 워낙 열심히 보는 통에 덩달아 팬이 되었습니다.

〈파워레인저〉는 1970년대부터 일본에서 시작한 어린이용 모험극 시리즈입니다. 일명 '슈퍼전대 시리즈'라고도 부릅니다.

평범한 형, 누나 들이 특수 옷을 입으면 전사로 변하고, 합체 로봇을 조종하며 악당을 물리치는 게 기본 줄거리입니다. 〈파워레인저〉는 대개 일 년 단위로 시리즈가 바뀌는데, 매년 새로운 시리즈가 방송되면 시리즈에 나오는 무기와 로봇이 장난감으로 발매됩니다. 당연히 그 장난감은 남자아이들의 꿈과 희망이 되고, 그 때문에 남자아이를 둔 엄마, 아빠의 지갑은 얇아져만 가지요.

〈파워레인저〉가 폭력적이고 소비를 조장하는 것도 사실이지만, 탄탄한 줄거리와 뛰어난 촬영 기술 등 매력적인 요소도 많습니다. 〈파워레인저〉에서 아이들이 가장 좋아하는 부분은 누가 뭐래도 역시 '변신' 장면입니다. 휴대전화처럼 생긴 기계를 위로 치켜드는 순간 평범한 형, 누나들이 파워레인저로 변합니다.

그 변신의 순간을 아이들은 놓치지 않지요. 자기들도 파워레인저 장난감을 치켜들며 함께 변신합니다. 그리고 갑자기 힘이 세집니다. 소파에서 바닥으로, 바닥에서 의자로 날아다니기 시작합니다. 날아다니는 아이 앞에 저는 어느새 악당으로 변해 있습니다. 파워레인저의 공격을 몇 번은 막아보지만 어쩔 수 없습니다. 결국 "으악" 하는 비명과 함께 쓰러질 수밖에.

몬스테라 족보에
몬스터가?

몬스테라가 다른 관엽식물과 가장 다른 부분은 아마도 가장자리가 들쭉날쭉 패어 들어간 잎의 생김새일 겁니다. 이렇게 잎의 가장자리가 패어 있는 것을 한자로는 '결각缺刻'이라고 하는데, 이 결각이야말로 몬스테라의 이미지를 결정짓는 가장 중요한 요소입니다.

물론 모든 종류의 몬스테라에 결각이 있지는 않습니다. 몬스테라속屬에 속한 40여 종의 몬스테라 가운데에는 결각 대신 치즈처럼 잎의 이곳저곳에 구멍이 뚫려 있는 종류도 있습니다. 그럼에도 몬스테라는 결각이 있을 때 가장 몬스테라답습니다.

저는 이렇게 들쭉날쭉 여러 갈래로 갈라진 몬스테라의 잎을 볼 때마다 거대한 괴물의 모습이 떠오릅니다. 괴물의 커다란 손이 금방이라도 저를 덮칠 것 같아 몸을 움찔하기도 합니다. 예상은 하셨겠지만, 몬스테라라는 이름은 괴물을 뜻하는 영어 단어 'Monster'와 연관이 있습니다. 어원을 따지면 라틴어 'Monstrum'에서 왔는데, 이 말은 '괴물 같은Monstrous', '이상한Abnormal'이란 뜻입니다.

몬스테라는 순식간에 공간의 분위기를 바꾸는 놀라운 능력의 소유자입니다. 크든 작든 몬스테라 한 그루만 있으면 밋밋하던 집 안도 금세 비밀스러운 공간이 되고, 썰렁하던 집 안에는 신비한 이야기가 넘쳐납니다.

몬스테라의 진면목을 좀 더 느껴 보기 위해서는 온실 식물원에 가는 것도 좋습니다. 온실에 들어서자마자 새로운 침입자를 둘러싸는 수많은 녹색 식물들. 그 가운데 우뚝 서서 상대를 내려다보는 몬스테라와 마주하면 어린 시절 꿈속에서 만났던 괴물이 다시 살아납니다. 쫓아오는 괴물을 피해 도망치고 싶지만, 땅에서 발이 떨어지지 않는 꿈. 괴물을 피해 열심히 도망치다가 천길만길 낭떠러지로 떨어지는 꿈.

이제는 더 이상 꿈을 꾸지 않는 어른들에게 몬스테라는 다시 한번 꿈을 꾸게 합니다. 그리고 그 꿈속에 등장해서 꽁꽁 묶여 있던 생각의 실타래를 하나하나 풀어냅니다. 이렇다 보니 몬스테라는 다른 관엽식물에 비해 어른들에게 인기가 높습니다. 팬이라고 할 만큼 좋아하는 사람들도 많이 있습니다.

사람들은 몬스테라의 잎 모양을 다양한 생활용품의 디자인에 적용하기도 하고, 식물 자체를 세련된 인테리어 도구로 활용하기도 합니다. 식물이 품고 있는 이미지가 인간의 삶을 얼마나 풍요롭게 해 줄 수 있는지 몬스테라가 직접 자신의 몸으로 보여 주고 있는 것이지요.

괴물아, 강철 주먹을 받아라

어느 날 밤, 거실 천장에 닿을 만큼 커다란 몬스테라가 괴성을 지르기 시작합니다.

"캬~오! 캬~오!"

세상 모르고 잠들어 있는 우리 가족에게 몬스테라가 한 발한 발 다가옵니다. 쿵, 쿵, 쿵. 앗, 위기 상황이네요. 아내와 아이들을 지켜야 할 텐데…. 이제 더는 어쩔 수 없습니다. 변신을 하는 수밖에. 저는 베개 밑에 숨겨 두었던 변신 기계를 꺼냅니다. 그리고 제자리에 서서 세 번 돌고 나서 변신 기계를 치켜들지요. 파워레인저 변신 완료!

"에잇, 괴물 몬스테라야! 나는 정의의 수호신 파워레인저다. 강철 주먹을 받아라! 지구는 내가 지킨다."

사실 아직까지도 가족들은 제 정체를 모르고 있습니다. 이제껏 제가 숨겨 왔으니까요. 가족들이 깨기 전에 과연 저는 몬스테라를 물리칠 수 있을까요? 제가 파워레인저인 걸 알면 아이들이 기절할지도 모릅니다.

걱정 말아, 내가 지켜 줄게

스파티필룸 — Peace lily

괜찮아
내가 안아 줄게

모두 다 잠든 한밤중에 아이는 가끔씩 잠에서 깨어납니다. 화장실에 가고 싶어서 깨기도 하고, 무서운 꿈을 꾸다가 깨기도 합니다. 잠에서 깬 아이에게 한밤중의 깜깜함은 무서움 그 자체입니다. 엄마, 아빠는 "무섭긴 뭐가 무섭니?" 하고 아무렇지도 않게 말하지만, 어두움이 무서운 건 인간의 본능입니다.

이럴 때 아이를 안심시키는 가장 좋은 방법은 별 게 없습니다. 껴안아 주기. 누운 채로 꼭 껴안아 주는 겁니다. 품 안에 들어오도록 꼭 껴안고 이렇게 속삭여 줍니다.

"엄마랑 같이 있으니까 괜찮아."

"아빠가 껴안아 주니까 하나도 안 무섭지?"

방금 꾼 무서운 꿈 생각에 잠 못 들던 아이도 어느새 스르르 잠이 듭니다. 잠이 든 아이의 얼굴에서 이제 무서움이라고는 찾아볼 수 없습니다. 보이는 것이라고는 엄마, 아빠 덕분에 갖게 된 편안함뿐입니다.

'너희들은 무서울 때 안아 주는 엄마, 아빠가 있어서 참 좋겠다.'

내가 너를
비춰 줄게

'관엽식물'이란 볼 '관觀'자와 잎 '엽葉'자로 이루어진 명칭에서 알 수 있듯이 잎을 감상하기 위해 사람들이 개량한 식물입니다. 이 식물들의 원종原種은 동남아시아를 비롯해 전 세계의 열대와 아열대 지역에서 자라고 있습니다. 그런데 지금 우리가 주변에서 보는 관엽식물은 원산지의 원종에 비해 크기도 작아졌을 뿐만 아니라 꽃도 잘 피지 않습니다. 실내 식물이라는 용도에 맞게 품종이 개량된 탓이지요.

하지만 이런 관엽식물의 세계에서도 줄곧 꽃을 피우는 식물이 있으니, 스파티필룸이 그 주인공입니다. 스파티필룸은 관엽식물 가운데 꽃을 즐길 수 있는 몇 안 되는 식물입니다.

그런데 스파티필룸의 꽃은 우리가 아는 평범한 꽃에 비해 생김새가 특이합니다. 우선 어느 부분이 꽃인지 알아내기가 쉽지 않습니다. 기다란 꽃대를 따라 커다랗고 하얗게 피어 있는 것이 꽃 같기도 하고, 바로 그 앞에 조그만 도깨비방망이처럼 자라 있는 것이 꽃 같기도 합니다.

스파티필룸의 꽃. 그 정체를 밝히기 위해서는 스파티필룸의 학명을 살펴볼 필요가 있습니다. '*Spathiphyllum*'. 그리스어인 'Spathe 불염포'와 'Phyllon 잎'이 합쳐져 만들어진 이름입니다. 이름 그대로 해석하자면 '불염포와 잎으로 이루어진 식물'이란 뜻이지요. 잎은 알겠는데, 불염포는 무엇일까요? 답은 불염포의 한자인 '佛炎苞'를 풀어 보면 금세 알 수 있습니다.

불염佛炎은 부처님의 불꽃, 즉 부처님의 뒤를 비추는 후광을 뜻합니다. 포苞는 꽃을 받치는 꽃턱잎을 뜻하지요. 따라서 불염포는 '부처님의 후광처럼 환하게 꽃을 받치는 꽃턱잎', 이렇게 정의할 수 있습니다. 그렇다면 스파티필룸의 어느 부분이 꽃이고 어느 부분이 불염포인지 대략 눈치를 채시겠죠?

스파티필룸의 불염포는 멀리서 보더라도 금세 눈에 들어옵니다. 무성한 녹색 잎들 사이에서 하얗게 빛나고 있으니까요. 이에 비하면 불염포에 둘러싸인 꽃은 꽃이라고 하기에는 너무 초라해 보입니다. 불염포에 의지해 겨우 자신의 존재를 드러내는 것만 같습니다. 하지만 그렇다고 불염포가 꽃을 업신여기거나 깔보는 일은 결코 없습니다. 그저 아무 말 없이 뒤에서 환하게 비출 뿐이지요. 불염포의 환한 빛을 보고 곤충들이 하나둘 모여들면, 불염포 덕분에 곤충을 만난 꽃은 진심 어린 감사를 불염포에게 전합니다.

불염포는
부모의 마음

스파티필룸을 보고 있노라면 저는 어린 시절로 돌아갑니다. 아무리 억지를 부리고 말썽을 피워도 늘 웃는 얼굴로 받아주시던 엄마, 아빠. 환한 빛으로 꽃을 비추는 불염포에서 바로 그때 엄마, 아빠의 미소가 보입니다.

시간이 흘러 저 또한 불염포가 된 지금, 저 역시 꽃 앞에서 환한 미소를 짓고 있습니다.

'마음껏 까불고 응석 부려도 괜찮다. 건강하게만 자라다오.'

아마 저를 비롯해 모든 불염포의 마음은 같을 겁니다. 나의 색이 바라고 행여나 찢어지더라도 꽃만큼은 반드시 지키겠다는 생각. 이 생각이 변하지 않는 한 이 땅에 사는 모든 스파티 필룸은 계속해서 꽃을 피우고 세상을 아름답게 만들겠지요.

아이들이 나이를 먹고 독립을 하더라도 한밤중에 또 무서운 꿈을 꾸다가 잠에서 깰지 모릅니다. 무서운 일은 어른이 될수록 더 많이 일어나니까요. 하지만 그때도 아무 걱정 하지 말라고 말해 주고 싶습니다.

"아빠가 재승이 좋아하는 자장가 불러 줄게."

"엄마가 재환이 무서운 꿈 꾸지 않게 기도해 줄게."

비록 진짜로 곁에 있지는 못하지만, 마음속으로 꼭 껴안아 줄 수는 있습니다. 오랫동안 변치 않고 꽃을 피우는 스파티필룸처럼 우리 아이들도 언제까지나 맑고 향기롭게 자라나면 좋겠습니다.

네 사전에 작심삼일은 없다

사철베고니아 — Perpetual begonia

옛날이나 지금이나
작심삼일

초등학생 시절, 방학이 되면 어김없이 생활계획표를 짰습니다. 하루의 시작은 운동하고 아침밥 먹기. 그리고 이어지는 공부, 휴식, 텔레비전 보기, 독서…. 길 것만 같던 하루가 금세 채워졌습니다. 마지막으로 남은 건 생활계획표를 지키는 일뿐.

하지만 저의 방학 생활은 늘 예상대로(?) 계획표와 관계없이 돌아갔습니다. 불가피한 이유가 하나둘씩 생기고, 하루 이틀 시간이 지날수록 실제 생활은 계획표와 달라졌지요. 이렇게 계획을 못 지키는 저를 볼 때마다 아버지는 늘 이렇게 말씀하셨습니다.

"너는 왜 이렇게 하는 일마다 다 작심삼일作心三日이냐."

작심삼일은 한자 뜻 그대로 '굳게 먹은 마음이 사흘을 못 간다'는 뜻인데요. 이 말에 관한 일화가 조선시대에도 등장하는 것을 보면, 한번 먹은 마음을 지키기 어려운 건 옛날 사람이나 요즘 사람이나 마찬가지였나 봅니다.

다양한 품종
다양한 이름

꽃시장에 가보면 생김새는 다르지만 똑같이 베고니아라 불리는 식물들을 볼 수 있습니다. 조그만 꽃에 만질만질한 잎을 가진 베고니아(사철베고니아, *Begonia semperflorens*), 꽃이 좀 더 크고 꽃잎이 여러 겹인 베고니아(구근베고니아, *Begonia x tuberhybrida*), 꽃은 없고 넓적한 얼룩무늬 잎만 있는 베고니아(렉스베고니아, *Begonia x rex-cultorum*). 대략 이렇게 세 종류입니다.

이 세 종류는 먼 조상은 같지만, 모두 고향이 다릅니다. 사철베고니아는 브라질의 원종을 중심으로, 구근베고니아는 남미의 안데스 산맥에 분포한 원종을 중심으로, 그리고 렉스베고니아는 인도의 원종을 중심으로 개량되었습니다.

덧붙여 굳이 한 종류의 베고니아를 더 들자면 엘라티오르 베고니아Elatior Begonia, *Begonia x hiemalis*를 들 수 있습니다. 꽃이 장미처럼 생겨서 '장미 베고니아'라 부르기도 하고, 일본에서 통용되는 이름 그대로 '리거 베고니아'라고도 합니다. 꽃시장에서는 보통 '꽃베고니아'라고 부릅니다. 다른 베고니아 품종에 비해 꽃이 크고 예뻐서 붙여진 이름인데, 아무튼 베고니아는 품종이 많다 보니 이렇게 종류도 다양하고 호칭도 복잡합니다.

이런 효자가
어디 있어

다양한 베고니아 중 우리에게 가장 친숙한 베고니아는 뭐니 뭐니 해도 사철베고니아입니다. 화무십일홍花無十日紅이라고 했지요. 보통 꽃들은 활짝 피었다가도 며칠 혹은 몇 주를 못

버티고 시들어 버리는데, 사철베고니아는 작고 예쁜 꽃을 한 번 피우면 시들 줄을 모릅니다. 겨울만 빼고는 늘 꽃을 피우고 있으니까요.

이렇게 꽃이 시들지 않다 보니 사철베고니아는 도시 공간을 꾸미는 용도로 많이 쓰입니다. 커다란 화분에 심겨 건물 앞에 놓이기도 하고, 벽걸이 화분이나 공중 화분에 심겨 밋밋할 수도 있는 공간을 아름답게 꾸며 줍니다. 때로는 커다란 탑이나 동물 모양 같은 조형물에 형형색색의 오브제로 이용되기도 하지요. 그러니 도시 공간을 관리하는 입장에서 사철베고니아는 이만저만한 효자가 아닙니다. 언제 어디서든 오랫동안 예쁜 꽃을 피우고, 비와 바람, 뜨거운 햇볕도 잘 견디니 더 이상 바랄 게 없지요.

사철베고니아의 영어 이름 'Perpetual begonia'가 바로 그런 사실을 증명해 줍니다. 'Perpetual'이 '끊임없이 계속되는'이라는 뜻이니, 이 이름 속에는 '사철 꽃이 피는 식물', '여러해살이식물'이란 의미가 담겨 있습니다. 이보다 더 사철베고니아의 특징을 잘 나타내는 말이 어디 또 있을까요?

하지만 언제나 웃고 있는 듯한 사철베고니아도 가끔은 힘들어 보일 때가 있습니다. 일 년 내내 쉬지도 않고 꽃을 피우는 모습이 안쓰러워 보이기도 합니다.

"힘들면 그만 쉬어도 돼. 지금까지 계속 꽃을 피웠으니까 이제 와서 쉰다고 뭐라 그럴 사람은 아무도 없어."

저는 이렇게 위로의 말을 전하지만, 돌아오는 대답은 늘 똑같습니다.

"괜찮아요. 저는 이렇게 태어났으니까요."

어떤 상황에서도 흔들리지 않고 꿋꿋하게 공부하는 모범생. 사철베고니아의 대답을 들을 때마다 저는 그런 모범생의 모습이 떠오릅니다. 이 성실하기 그지없는 사철베고니아에게 '작심삼일'이란 아무 의미 없는 말이겠지요?

그러고 보면 어린 시절의 저는 사철베고니아가 아니었던 게 틀림없습니다. 오랫동안 꽃을 피워 보려 했지만 늘 금세 시들고 말았으니까요. 생각해 보면 어린 시절 사철베고니아 흉내만 좀 덜 냈더라도, 그리고 사철베고니아가 아니란 것에 불안해하지만 않았더라도 왠지 지금보다는 제 인생의 뿌리가 좀 더 견고하게 박혀 있을 것 같습니다.

'작심삼일' 몇 번에 금세 삶의 낙오자가 될 것 같은 이 시대를 살고 있자니, 작심을 하고 삼 일 만에 딴 마음을 먹어도 아무 탈이 없던 그때가 그리워집니다. "너는 왜 이렇게 하는 일마다 다 작심삼일이냐"라고 혼내시던 돌아가신 아버지의 목소리도 다시 한번 듣고 싶습니다.

울어도 괜찮아

벤자민고무나무 — Benjamin

진짜 눈물과
가짜 눈물의 차이

어린 시절 친구끼리 싸움이 붙으면 승패는 대개 눈물로 결정이 났습니다. 먼저 눈물을 보이고 우는 쪽이 지는 거지요. 그래서일까요? 우리는 어른이 되어서도 눈물을 보이는 일에는 인색한 편입니다. 특히 남자 어른의 세계에서는 더욱 그렇습니다. 사회라는 정글 속에서 눈물은 빈틈이자 나약함을 뜻하니까요. 살아남기 위해서는 슬픈 일에도 슬퍼하지 말아야 하고, 눈물을 흘릴 일에도 눈물을 숨겨야 합니다.

물론 아무리 참아도 자신의 의지와 관계없이 눈물이 날 때도 있습니다. 1980년대, 거리를 뒤덮던 매운 연기는 눈과 코를 자극해 끊임없이 눈물을 흘리게 만들었습니다. 종로 뒷골목에서 팔던 매운 낙지볶음도 눈물에 콧물, 땀까지 범벅이 되게 만들었지요.

하지만 이처럼 억지로 짜내는 눈물은 진짜 눈물이 아닙니다. 눈물이 우리에게 주는 선물, 바로 정화 능력이 없기 때문입니다. 눈물을 흘리고 난 다음 속이 후련해지는 느낌. 이것이 있어야만 진짜 눈물이라고 할 수 있습니다. 지금도 저는 눈물을 흘리고 나면 속이 시원해집니다. 제 자신에게 좀 더 솔직해진 것 같아 홀가분하기도 합니다. 단지 몇 그램의 액체가 몸 밖으로 빠져나간 것뿐인데, 이런 변화가 있는 걸 보면 눈물의 힘은 정말 놀랍습니다.

그저 토닥토닥

학명 '*Ficus Benjamina*'. 이번 주인공은 바로 벤자민고무나무입니다. 눈물 얘기를 하다가 말고 갑자기 웬 벤자민고무나무냐고요? 그건 벤자민고무나무의 영어 이름이 'Weeping fig'이기 때문입니다.

'Weeping'을 영어 사전에서 찾아보면 '가지가 늘어진'이란 뜻이 나옵니다. 따라서 'Weeping fig'는 '가지가 늘어진 뽕나무과 나무'로 부르는 게 가장 자연스러운 번역이겠지요. 하지만 저는 'Weeping'을 '눈물을 흘리는'으로 해석하고 싶습니다. '눈물을 흘리는 뽕나무과 나무'로 정의하는 것이 왠지 벤자민고무나무에게 더 어울릴 것 같으니까요. 참고로 'Weeping willow'는 수양버들입니다.

제가 왜 그렇게 이름을 붙이고 싶어 하는지는 몇 발자국 떨어져 벤자민고무나무를 바라보면 금세 알 수 있습니다. 기운을 잃은 듯 축 늘어진 가지와 뚝뚝 떨어지는 눈물 방울 같은 잎. 벤자민고무나무의 이런 모습은 깊은 슬픔에 빠진 그 누군가를 떠오르게 합니다.

뭉크가 그린 소녀의 어두움이 스쳐 지나가고, 피카소가 그린 게르니카의 참상이 그 뒤를 잇습니다. 뭐가 그리 슬픈지 물어보고 싶지만 차마 용기는 나지 않고, 그저 곁에서 토닥여 주고 싶은 마음만 가득합니다.

　이런 벤자민고무나무 한 그루가 얼마 전 저희 집에 이사를
왔습니다. 저는 잘 키워 보리라 단단히 마음을 먹었지요. 그래
서 물도 빠뜨리지 않고 제때 주고, 햇빛도 충분히 쬐어 주었습
니다. 분무기로 잎에 물을 뿌려 주면서 잎에 묻은 먼지도 닦아
주었습니다.

　그런데 언제부터인가 벤자민고무나무의 잎이 하나둘씩 떨
어지기 시작했습니다. 뚝뚝 흘린 커다란 눈물 방울이 어느새
화분 아래 수북하게 쌓였습니다. 그렇게도 제가 잘 대해 주었
건만 뭐가 그리 슬펐던 걸까요? 눈물 말고는 한마디 말도 없으
니 그저 안타까울 따름이었습니다. 어쩌면 좋지 하며 발을 동
동 구르는 사이, 결국 나무는 앙상한 가지만을 남겼습니다. 벤
자민고무나무의 눈물이 저의 눈물이 되는 순간이었지요.

　이처럼 벤자민고무나무가 잎을 잘 떨어뜨리는 것은 이 나
무가 환경 변화에 민감하기 때문입니다. 사는 곳이 바뀌면 대개
밝기와 습도도 달라지는데, 벤자민고무나무에게는 이것이 스트
레스로 작용한 거지요. 결국 벤자민고무나무는 자신이 받은 스

트레스를 잎을 떨어뜨리며 풀었을 뿐입니다. 사람들이 스트레스를 받으면 잠을 많이 잔다든가 맛있는 음식을 먹는다든가 자신만의 방법으로 스트레스를 해소하는 것과 같은 이치지요.

눈물은
힘을 준다

우수수 잎을 떨어뜨리며 실컷 울고 난 다음 벤자민고무나무는 더 이상 우울해하거나 힘들어 하지 않습니다. 사람도 실컷 울고 나면 새로운 힘이 생기듯 벤자민고무나무도 잎을 떨어뜨리고 나면 새잎을 냅니다. 새로운 환경에 비로소 적응해 나가는 것이지요. 이렇게 새 환경에 적응하고 나면 그때부터는 별 탈 없이 잘 자랍니다. 원래 벤자민고무나무가 까다로운 나무는 아니니까요.

벤자민고무나무를 곁에 놓아 보세요. 가족들 앞에서 눈물을 보이기 싫은 아빠도, 울 일은 많지만 울 기운조차 나지 않는 엄마도, 울면 창피할 것 같아 꾹 참고 있는 아이들도 그 앞에서 자신의 이야기를 맘껏 털어놓으면 좋겠습니다.

벤자민고무나무가 우리 이야기를 듣고 대신 눈물을 흘려 줄 겁니다. 그리고 스트레스를 이기고 다시 한번 열심히 살아갈 용기와 힘을 주겠지요. 벤자민고무나무의 눈물을 보며 우리의 마음 정화시키기. 팍팍한 이 시대를 살아가는 사람들에게 꽤 괜찮은 경험 아닐까요?

생각을 키우는 힘

팬지 — Pansy

공자님 말씀이

정답!

어느 날 말썽쟁이 아들을 앞에 앉혀 놓고 엄마가 이렇게 말합니다.

"넌 도대체 생각이 있는 애냐, 없는 애냐?"

"제발 생각 좀 하면서 살아라!"

"앞으로 어쩔 생각이냐?"

일방적으로 이어지는 엄마의 말에 아들은 고개를 숙인 채 아무 말이 없습니다. 이 순간 아들에게 생각이 있다면 오로지 하나. 이 상황에서 빨리 벗어났으면 좋겠다는 바로 그 '생각'뿐. 엄마와 아들의 생각은 평행선입니다. 아무리 오랜 시간이 지나더라도 이대로라면 결코 만날 수 없습니다. 엄마는 엄마대로, 아들은 아들대로 각자의 생각대로 갈 뿐입니다. '생각'에 대해 이야기를 하다 보니 떠오르는 글이 있습니다.

學而不思則罔
(학이불사즉망, 배우기만 하고 생각하지 않으면 어둡고)

思而不學則殆
(사이불학즉태, 생각만 하고 배우지 않으면 위태롭다)

요즘처럼 '배움'이 목적보다는 수단이 되어 버린 시대에 『논어』의 「위정편」에 나오는 이 글이야말로 진정한 배움의 의미를 알려 주는 푯대가 아닐까요. 그래서 저는 기회가 있을 때마다 아이들에게 이 글을 들려줍니다. 그리고 왜 배우는 데 생각이 필요한지, 왜 생각하는 데 배움이 필요한지 이야기해 줍니다.

물론 아직 열 살도 안 된 아이들은 이 글을 이해하지 못합니다. 이해는커녕 관심도 없습니다. 하지만 듣고 또 듣다 보면 어느 순간 깨달을 때가 있겠지요. 언젠가 그 이치를 깨닫는 순간, 아이에게서 퍼져 나가는 배움과 생각의 향기가 온 세상을 가득 채우리라 믿습니다.

끊임없는 노력으로
만들어진 꽃

겨울이 지나고 따사로운 바람이 옷 사이로 스며들 때 '생각'은 우리 곁으로 다가옵니다. 알록달록한 예쁜 꽃의 모습으로 우리 주변을 맴돌기 시작합니다. 그 꽃의 이름은 팬지. 제비꽃과의 한해살이풀입니다.

팬지는 원래 자연에 존재하던 식물이 아닙니다. 야생종인 비올라 *Viola tricolor*로부터 만들어 낸 원예 품종입니다. 지금으로부터 약 200년 전인 19세기 초 유럽에서 처음 품종 개량을 시작했는데, 현재는 수천 종이나 되는 품종이 나와 있습니다.

팬지의 어원은 프랑스어인 'Pansées'로 '사색'이란 뜻입니다. 꽃의 모양이 사색하는 사람의 얼굴과 비슷해서 붙여진 이름이지요. 그리고 보면 프랑스어 'Pansées'는 우리에게 그다지 낯설지 않습니다. 내용은 몰라도 제목만은 널리 알려진 책 『팡세』의 원어 제목이 바로 'Pensées'입니다.

브리태니커 백과사전에서는 파스칼Blaise Pascal이 지은 책 『팡세』에 대해 이렇게 설명하고 있습니다.

'인간 현실에 대한 철학적 사고를 출발점으로 하여 인간의 한계에 도달하게 하고, 이로 인해 신학의 영역으로 들어서게 하는 뛰어난 설득술이 돋보이는 불후의 명작.'

철학적 사고, 인간의 한계, 신학의 영역, 설득술…. 참 어려운 말투성이입니다. 사색을 즐기기 위해 이렇게 어려운 단어들의 장벽을 넘어야 한다면 실제로 사색을 즐길 수 있는 사람이 과연 몇이나 될까요? 사색 없이 그저 대충대충 인생을 사는 게 훨씬 더 편할지도 모르겠습니다.

그런데 아마도 신은 이런 우리의 곤란함을 알고 계셨나 봅니다. 사색의 꽃 팬지를 준비해 두었으니까요. 원래 팬지는 섭씨 15~20도는 되어야 꽃을 피웁니다. 따라서 겨울이 끝나고 봄이 무르익을 무렵에야 볼 수 있는 꽃이지요.

하지만 20세기에 들어서 미국과 스위스를 중심으로 계속 품종 개량을 한 결과, 지금은 늦가을을 시작으로 겨울을 넘겨 봄까지 오랫동안 볼 수 있는 꽃이 되었습니다.

보라, 하양, 빨강, 노랑 등 갖가지 색으로 피어나는 팬지는 스산하고 을씨년스러운 계절에 우리를 향기로운 사색의 꽃밭으로 인도합니다.

생각의 씨앗은
스스로

바람이 불자 팬지가 품고 있던 생각의 씨앗이 아이들의 가슴 속으로 들어옵니다. 가슴 속에 들어온 그 씨앗은 물과 햇빛의 힘으로 싹 틔울 준비를 하더니, 드디어 떡잎을 내고, 줄기를 뻗고, 잎을 내고, 꽃을 피우고 열매를 맺습니다.

그리고 시간이 흘러 땅에 떨어진 열매는 또 다른 씨앗을 주위에 퍼뜨립니다. 이렇게 만들어진 '생각의 씨앗'은 그 누구도 대신 싹 틔우고 키워 줄 수 없습니다. 힘들더라도 스스로 헤쳐 나가는 수밖에요.

물론 걱정도 됩니다. 행여 싹을 못 틔우면 어쩌지? 힘들게 낸 가지가 비바람에 부러지면 어쩌지? 하지만 애벌레가 번데기를 뚫고 나올 수 있을지 걱정이 된다고 해서 번데기 껍질을 벗겨 준다면 어떻게 될까요? 애벌레는 분명 번데기 속에서 죽을 겁니다.

우리 아이들에게도 번데기 속에서 생각하고 생각하고 또 생각할 시간이 필요합니다. 이 험하고 복잡한 세상에서 우리 아이들이 어떻게 살아갈까 걱정이 되지만, 아이들은 그렇게 끊임없이, 때로는 힘들게 생각하는 과정을 통해서 성숙해집니다. 팬지가 그러하듯이.

우리가 몰랐던
출생의 비밀

'시집살이 3년'이라는 말은 잘 아시지요? 그렇다면 혹시 '물 주기 3년'이라
는 말도 아시나요? 물을 너무 안 줘도 탈, 너무 자주 줘도 탈. 식물을 잘 키우
기 위해 언제 물을 주면 좋은지, 그 감을 익히려면 그만한 시간이 걸린다는
뜻이지요. 식물을 잘 키우려면 적절한 환경을 만들어 주는 게 관건입니다.
식물의 원산지를 알면 성장 배경도 파악할 수 있고, 그 식물에 대해 더 잘 이
해할 수 있습니다. 결국 환경이 중요하다는 얘기인데, 이는 우리 아이들을
키울 때도 마찬가지입니다.

내가 누구인지 아는 자는
누구인가?

비모란 — Cactus plain

넌 대체
어디서 왔니?

언젠가 큰아이의 친구 가족과 함께 저녁 식사를 한 적이 있습니다. 장소는 샐러드바를 마음껏 이용할 수 있는 패밀리 레스토랑. 후닥닥 샐러드바로 뛰어가는 큰아이를 보며 무얼 가져올까 궁금했는데, 접시에 맨 처음 담아 온 것은 의외로 토르티야Tortilla였습니다. 아마 자주 먹는 음식이 아니어서 궁금했던 모양입니다.

토르티야는 밀가루나 옥수수가루로 빈대떡처럼 만든 음식

입니다. 그 위에 채소나 고기를 올려놓고 싸서 먹는데 우리나라의 쌈이나 중국의 춘권피와 매우 비슷합니다.

큰아이: 토르티야, 너는 어디서 왔니?

토르티야: 너 혹시 멕시코 알아? 나는 멕시코에서 왔어. 아마 너희 나라랑 지구 정반대 쪽에 있을걸.

큰아이: 와, 그렇게나 먼 데서 왔어? 그런데 너를 먹는 법이 우리나라에서 쌈을 싸 먹는 거랑 무지 비슷한 거 아니? 쌈도 밥이나 고기를 싸서 먹는 거거든.

토르티야: 그래? 참 신기하네. 멀리 떨어져 있어도 먹는 건 모두 비슷한가 보구나.

선인장과 친한 나라는 어디?

지구에서 선인장과 가장 친한 나라는 어디일까요? 정답은 국기에도 선인장이 그려져 있는 나라, 바로 멕시코입니다. 멕시코 국기에는 뱀을 문 독수리가 선인장 위에 앉아 있는 그림이 그려져 있습니다. 이 문양은 '독수리가 뱀을 물고 선인장 위에 앉는 곳에 나라를 세우라'는 아즈텍 문명의 전설을 담고 있는데, 이 전설에 따라 찾은 곳이 바로 현재의 멕시코시티인 테노치티틀란Tenochititlan이란 호수 도시입니다. 이곳을 중심으로 아즈텍인들이 위대한 문명을 일으킨 것이지요.

이렇듯 먼 옛날부터 이어져 내려온 멕시코 사람들과 선인장의 관계는 세월이 지난 지금도 달라지지 않았습니다. 멕시코에는 여전히 선인장이 많고, 멕시코 사람들은 남녀노소 할 것 없이 선인장을 좋아합니다. 특히 선인장은 요리 재료로도 많이 쓰이는데, 일 년에 멕시코 사람 한 명이 먹는 선인장의 양이 무려 9킬로그램이나 된다고 합니다. 매운 음식과 김치를 즐기는 우리나라 사람 한 명이 먹는 고추의 양은 일 년에 평균 4킬로그램. 그러니 멕시코에서 선인장을 얼마나 좋아하는지 알 수 있습니다.

그렇다면 이렇게 선인장과 친한 멕시코로부터 지구 반 바퀴를 돌아 있는 나라. 우리나라는 선인장과 얼마나 친할까요? 주어진 조건만으로 보자면 우리나라는 선인장과 친해지기 어렵습니다. 기후를 비롯해 서식지의 모든 환경이 멕시코와는 전혀 딴판이니까요. 한마디로 우리나라에는 선인장이 좋아할 만한 요소라고는 눈곱만큼도 없습니다.

그럼에도 지금 우리나라가 선인장과 너무나 깊은 관계를 맺고 있다는 사실을 알고 계신가요? 놀랍게도 우리나라는 현재 전 세계에서 선인장을 가장 많이 수출하는 나라입니다. 물론 야생종은 아니고, 원예 품종으로 개발하여 재배한 것이지요.

우리나라가 주로 수출하는 선인장은 '접목接木 선인장'이라 불리는 종류입니다. 접목이란 말 그대로 하나의 나무에 다른 나무를 접붙이는 것인데, 접목 선인장의 경우 흔히 '대목'이라 부르는 길쭉한 선인장의 윗부분에 동그란 선인장을 붙여서 만듭니다. '비모란'은 그 접목 선인장 가운데서도 가장 대표적인 종류입니다.

모든 접목 선인장이 그렇듯 비모란 또한 윗부분의 동그란 선인장은 광합성을 못합니다. 그 대신 빨강, 주황, 분홍 등 예쁜 색깔로 보는 이를 즐겁게 해 주지요. 광합성은 아랫부분에 있는 길쭉한 선인장의 몫입니다. 비록 사람들의 눈을 끌지는 못하지만, 이곳에서 광합성이 이루어지기에 비모란은 비로소 자신의 화려한 색을 유지할 수 있습니다.

비모란을 잘 키우는 방법은 아주 간단합니다. 햇빛은 자주 쬐게 해 주고, 물은 자주 주지 않으면 됩니다. 물론 이 규칙은 비모란에게만 해당되는 것은 아니고, 야생종을 포함해 모든 선인장에게 똑같이 적용됩니다. 모든 선인장은 강한 햇빛을 많이 쬘수록 몸이 단단해지고 색깔도 진해집니다. 물은 이미 몸속에 많이 들어 있기 때문에 자주 주었다가는 금세 무르고 썩어 버리지요.

내가 누구인지만 알면
얼마든지

우리나라와 지구 반대편에 있는 나라, 멕시코. 그 옛날 그곳의 원주민들이 먹던 토르티야를 지금은 우리 아이가 먹고 있습니다. 원주민의 조상들이 이 사실을 안다면 얼마나 신기해할까요? '상전벽해'라는 말이 절로 나올 겁니다.

비모란 또한 마찬가지입니다. 멕시코 고원의 거친 환경에서 용맹스럽게 살아가던 선인장이 장난감처럼 우스꽝스러운 모습으로 도시에서 살아간다는 것. 이 사실을 선인장의 조상들이 안다면 얼마나 놀랄까요? 자존심이 상할지도 모릅니다. 하지만 이 세상에 변하지 않는 것은 아무것도 없습니다.

멕시코에서만 살던 선인장이 지금은 지구 반대편인 한국에 와서 살아가듯 우리 또한 싫든 좋든 이 세상에 몸과 마음을 맞춰 가며 살아야 합니다. 떠밀려서 가든 제 발로 가든 가지 않으면 안 되는 게 지금의 현실입니다.

그렇다고 무작정 갈 수는 없겠지요. 이렇게 급변하는 세상에서 우리는 과연 무엇을 이정표 삼아 걸어가야 할까요? 어디로 가야 할지 갈피를 못 잡고 있는 저에게 비모란은 이렇게 속삭였습니다.

"저는 제 모습이나 사는 곳에 연연해하지 않아요. 그저 제 자신을 볼 뿐이지요. 누가 뭐래도 저는 선인장이고, 제 몸속에는 선인장의 피가 흐르거든요. 내가 누구인지 잊지 않는다면 언제나 멋지게 살 수 있을 것 같아요."

늘 조그맣고 귀엽게만 보이는 비모란인데, 이런 말을 듣고 있자니 산전수전 다 겪은 인생 선배의 모습이 보이는 듯했습니다.

나만의 모범답안 만들기

세인트폴리아 — Saintpaulia

잘 모르기는
피장파장

외국에서 기차 여행을 하다가 옆자리에 앉은 외국인에게
질문을 받습니다.

"Are you Chinese?"

다행히 아는 영어가 나왔으니, 당황하지 않고 자연스럽게
대답해 줍니다.

"No. I'm Korean. South Korea."

그런데 이 외국인의 반응이 좀 이상합니다.

'코리아'를 아는 것 같기는 한데, 중국 옆에 있는 나라냐고 다시 물어봅니다. 올림픽과 월드컵을 비롯해 세계적인 행사를 몇 번이나 치르고, 요즘은 우리나라가 만든 스마트폰이며 한류 열풍이 전 세계에 퍼져 있는데 이렇게 대단한 나라를 모르다니….

기본 상식이 부족한 외국인이라 생각하고 넘어가지만 영 기분이 좋지 않습니다. 아직까지 코리아를 모르는 사람이 있다는 게 화도 납니다. 하지만 입장을 바꿔 놓고 생각해 보면 우리 또한 이 지구의 많은 나라 가운데 정확히 알고 있는 곳이 얼마나 될까요? 어렴풋이 알고 있는 나라가 대부분입니다.

예를 들어 볼까요? 여러분은 베네수엘라와 예멘이란 나라에 대해 얼마나 알고 계신가요? 우선 세계지도에서 이 나라들의 위치를 단번에 짚어 낼 사람은 그리 많지 않을 겁니다. 베네수엘라에 안데스 산맥과 아마존 정글, 세계에서 가장 높은 앙헬 폭포가 있다는 것, 그리고 예멘이 그 옛날 아라비안나이트의 주요 무대였으며, 남예멘과 북예멘이 1990년에 통일을 이루었다는 사실을 여러분은 알고 계셨나요?

그러니 외국 사람들이 우리나라를 모른다 해서 서운해하거나 화를 낼 필요는 없을 것 같습니다. 그 사람들이 우리를 모르듯 우리도 다른 나라들을 모르고 있으니까요. '아직까지도 우리 나라가 그렇게 유명한 나라는 아니구나.' 이렇게 객관적인 입장을 갖는 계기로 삼을 수 있다면 그걸로 충분하지 않을까요?

지금은 사라진
아프리카 유전자

옛날부터 무역상들의 주요한 교역로 구실을 했던 인도양. 바로 그 인도양의 서쪽을 따라가다 보면 아프리카 대륙에 있는 나라, 케냐와 탄자니아를 만날 수 있습니다. 세인트폴리아의 고향이지요.

세인트폴리아가 케냐와 탄자니아에서 사람들에게 모습을 드러낸 건 19세기의 일입니다. 1892년, 발터 폰 생 폴 - 일레르 Walter von Saint Paul-Illaire라는 긴 이름을 가진 독일인 남작이 탄자니아 우삼바라 산맥에서 야생의 한 식물을 발견합니다. 생 폴-일레르는 이 식물을 독일에 사는 아버지에게 보내고, 그 후 이 식물은 독일 하노버에 있는 헤렌하우젠 왕궁정원의 정식 식물 목록에 기재됩니다. 발견자의 이름을 따서 '세인트폴리아

이오난타*Saintpaulia ionantha*'라는 학명도 만들어지지요.

생 폴-일레르 이전에도 이 식물을 발견했던 사람들은 있습니다. 1884년에는 존 커크, 1887년에는 W. E. 테일러라는 사람이 각각 탄자니아와 케냐에서 이 식물을 발견합니다. 하지만 두 사람이 모국인 영국으로 보낸 이 식물은 표본이 불충분한 탓에 정식 목록에 등재되는 데는 실패합니다. 만약 그 당시 이들이 보낸 식물이 정식 목록에 올랐더라면 어땠을까요? 아마 세인트폴리아는 지금 다른 이름을 갖고 있겠지요. 존 커크와 W. E. 테일러의 후손들로서는 식물의 이름을 통해 가문을 영원히 빛낼 기회를 놓쳤으니 참으로 애석한 일입니다.

세인트폴리아가 우리들 곁에서 살게 된 지 백 년이 조금 지난 지금, 그 인기는 참으로 대단합니다. 미국과 유럽에서는 세인트폴리아를 전문적으로 다루는 모임과 잡지가 넘쳐 나고, 일본만 해도 1965년 세인트폴리아가 보급된 이래 70개가 넘는 애호단체가 만들어졌습니다. 하지만 사람들의 사랑을 너무 많이 받은 탓일까요? 세인트폴리아는 백 년 전 아프리카의 산 속에 살던 그 조상들과는 전혀 다른 식물이 되어 버렸습니다.

우선 바깥에서는 살 수 없고 실내에서만 살 수 있는 원예식물로 바뀌었고, 직사광선에는 잎이 타 버려 실내에서 적당한

습도와 햇빛을 맞춰 줘야 하는, 약간은 성격이 까다로운 친구가 되어 버렸습니다.

사람들은 끊임없이 품종을 개량해 분홍에서 빨강, 보라, 그리고 얼룩무늬까지 여러 가지 예쁜 색의 꽃을 만들어 냈지만, 그 꽃 속에서 아프리카의 야생성을 찾아내기란 더욱 힘들어졌습니다. 행여 누군가가 세인트폴리아에게 "케냐는 어떤 곳이니?", "탄자니아의 자랑거리 좀 얘기해 줄 수 있어?"라고 묻는다면 세인트폴리아는 그저 얼굴만 붉힌 채 아무 말도 못 할지도 모릅니다. 불과 백 년 전 자신의 조상이 살던 곳인데, 한마디도 못 한 채 고개만 숙이고 있을지도 모릅니다.

나에게
질문 던지기

코리아가 어디에 붙어 있는지도 모르는 외국인을 이상하게 생각하기 전에 저 자신에게 질문해 봅니다.

"네가 사는 나라는 어떤 곳이니?"

"네가 사는 동네는 어떤 곳이니?"

"네 엄마, 아빠는 어떤 분이시니?"

"너는 어떤 사람이니?"

때로는 무관심하게 때로는 아는 체 하며 살아온 탓에 정확히 아는 것이 하나도 없습니다. 모든 게 어렴풋하니 도무지 입이 떨어지지 않습니다. 혹시나 저와 같은 생각이 든 분이 계시다면 아래 문제를 한번 풀어 보세요.

첫째, 내가 누구인지 30자 이내로 적어 보기(이력서에 들어갈 법한 내용은 제외).

둘째, 가족에게 나는 어떤 존재인지 다섯 가지 적어 보기(남편, 아내, 아빠, 엄마처럼 주어진 역할은 제외).

셋째, 우리나라만의 자랑거리 세 개 적어 보기('정이 많다', '사계절이 있다'처럼 교과서 같은 자랑은 제외).

막상 풀어 보려니 좀 어려운가요? 하지만 힘들더라도 끙끙거리고 고민하면서 답을 만들어 보세요. 일단 답을 만들어 두기만 하면, 언젠가 폭풍우가 치고 파도가 거세게 이는 밤, 방향을 잃고 헤매는 '나'라는 조각배에게 환한 불빛을 비춰 줄 테니까요.

변해도 되는 것과 변하지
말아야 할 것

스킨답서스 — Pothos

추억이 떠오르는
골목

오래된 동네의 골목길을 지나다 보면 못 쓰는 스티로폼 상자에 심어져 있는 꽃이나 채소를 흔히 볼 수 있습니다. 커다란 하늘색 플라스틱 통이나 예전에 '다라이'라고 불렸던 자줏빛 고무 대야에 심어져 있는 나무들도 종종 눈에 뜨입니다.

'화분이 좀 더 예쁘면 좋을 텐데….'

이런 아쉬움이 남기도 하지만, 버릴 물건을 멋진 화분으로 변신시킨 주인의 솜씨에 마음속으로 박수를 보내기도 합니다.

썰렁하고 삭막했을 골목을 따뜻하고 풍성한 공간으로 바꾼 주인의 마음씨 또한 이 공간처럼 따뜻하고 풍성하리라 짐작해 봅니다.

이 골목을 지나다니는 사람들 중에는 예쁘게 피어 있는 패랭이꽃을 보고 고향의 뒷산을 떠올리는 사람도 있을 테고, 가지에 주렁주렁 달린 토마토를 보고 어린 시절 학교에 있었던 텃밭을 떠올릴 사람도 있을 겁니다. 단단한 흙을 뚫고 나오는 무의 싹을 보고 생명의 신비를 느끼는 사람도 있고, 다 시들어 버린 맨드라미를 보고 인생무상을 느끼는 사람도 있겠지요.

자동차 한 대도 제대로 지나다니기 힘든 좁고 오래된 골목. 이런 골목에서 우리는 식물 덕분에 추억을 떠올리고 꿈꿀 수 있습니다.

옆에서 무던하고
우직하게

언제부터인가 아주머니들의 우물가 역할을 해 온 오래된 동네의 미용실. 맛있고 양도 푸짐해서 학생들에게 인기 만점인

대학가 식당. 연세 지긋한 어르신들이 커피 한 잔을 즐기는 큰 어항이 있는 다방. 스킨답서스는 바로 이런 곳에서 흔히 볼 수 있는 식물입니다. 물론 이런 곳에 간다고 해서 누구나 쉽게 스킨답서스를 만날 수 있지는 않습니다.

철 지난 잡지가 꽂혀 있는 선반 근처나 먼지가 잔뜩 쌓인 에어컨 위, 혹은 금붕어 몇 마리가 헤엄쳐 다니는 낡은 어항의 옆처럼 유심히 눈길을 주지 않으면 볼 수 없는 곳에서 스킨답서스는 우리를 기다립니다.

그렇다면 혹시 이곳의 스킨답서스들은 주인의 사랑을 받지 못한 채 먼지만 뒤집어쓰고 있는 건 아닐까요? 당연히 이런 걱정이 들겠지만 걱정은 금물. 비록 놓인 위치가 그렇다 해도 반질반질 윤이 나는 잎을 보면 주인의 사랑을 듬뿍 받고 있는 게 틀림없습니다.

난이나 다른 예쁘장한 식물들처럼 조명받지는 않지만, 식물이 인간의 삶과 얼마나 잘 어우러질 수 있는지를 스킨답서스는 몸소 보여 줍니다. 아주 먼 옛날부터 마을 어귀에 서 있던 느티나무처럼 든든하게 우리의 삶을 지탱해 줍니다.

　스킨답서스의 고향은 남태평양의 섬나라 솔로몬제도입니다. 솔로몬제도는 남태평양의 다른 섬들이 그렇듯 일 년 내내 따뜻하고 습한 날씨가 계속되는데, 이런 날씨 덕분에 이곳의 스킨답서스는 매우 빨리 자랍니다. 줄기가 쑥쑥 뻗을 뿐만 아니라, 매끈하던 잎의 가장자리는 자랄수록 들쭉날쭉한 모양으로 바뀝니다.

　이에 비하면 우리나라의 스킨답서스는 상대적으로 느리게 자라는 편입니다. 우리나라의 날씨가 솔로몬제도에 비해 춥고 건조하기 때문일 텐데요. 줄기가 쑥쑥 자란다 해도 솔로몬제도에 비할 바가 아니며, 잎 또한 아무리 자라도 가장자리에 들쭉날쭉한 모양이 안 생깁니다.

　그렇다면 스킨답서스는 솔로몬제도에서 우리나라로 넘어오면서 고향에서 원래 갖고 있던 성질이 전부 변해 버린 것일까요? 물론 그렇지는 않습니다. 성장 속도만 달라졌을 뿐 기본적인 성질은 전혀 변하지 않았습니다. 덩굴을 만드는 성질도 똑같고, 줄기를 잘라 물에 꽂으면 줄기 끝에서 새롭게 뿌리를 내리는 성질 또한 똑같습니다.

그래서 벽걸이 화분에 심어 멋지게 아래로 흘러내리게 하든 조그만 컵에 물을 담고 줄기 하나를 꽂아 놓든 우리나라의 스킨답서스에서 솔로몬제도의 풍광을 느끼는 것도 그리 어려운 일만은 아닙니다.

스테디셀러에는 이유가 있다

요새는 예쁘고 특이하게 생긴 식물이 많습니다. 동일한 식물에서도 계속 새로운 품종이 개량되고 있는데, 심지어 장미 같은 경우는 정확한 품종 개수를 아무도 모른다고 합니다. 유행이나 사람들의 취향에 맞추어 끊임없이 신제품이 나오기 때문이지요.

그에 비하면 스킨답서스는 품종도 그리 많지 않고, 그나마 잎의 색깔만 약간 다를 뿐 생김새는 거의 비슷합니다. 스킨답서스는 현재 약 50종류가 있다고 알려져 있습니다. 그럼에도 스킨답서스는 오히려 평범한 생김새와 키우기 쉬운 성질 덕분에 많은 사람에게 꾸준히 사랑받고 있습니다. 원예식물의 스테디셀러인 셈이지요.

혹시 너무나 빠르게 변하는 세상의 속도에 멀미를 느끼는 분이 계신가요? 아니면 남들이 달리는 속도를 도저히 따라잡기 힘들다고 느끼는 분이 계신가요? 항상 남들과 비교 당하다 보니 자신의 본 모습을 잃어버리고 헤매는 분은 안 계신가요? 이런 분들에게 저는 자신 있게 스킨답서스를 권하고 싶습니다.

물을 주고, 햇빛을 쬐어 주고, 잎에 묻은 먼지를 닦아 주다 보면 정신없는 이 세상 속에서 지금 내 자신이 어디에 있는지, 그리고 내가 변해야 할 부분과 변하지 말아야 할 부분이 무엇인지 스킨답서스가 차근차근 알려 드릴 겁니다. 지금 당장 스킨답서스를 만나 보세요.

화장실이면 어때!

아디안툼 — Maidenhair fern

변소와
화장실 사이

"빨간 휴지 줄까? 파란 휴지 줄까?"

'푸세식' 변소를 쓰던 어린 시절, 저는 이 유명한 변소 귀신 이야기 때문에 늘 안절부절못했습니다. 변소에 들어갔다 나올 때까지 그 짧은 시간이 왜 그리 길게 느껴지던지요. 볼일을 끝내자마자 후닥닥 방으로 뛰어 들어갔던 기억이 지금도 생생합니다. 하지만 이제는 세월이 흘러 귀신도 나이를 먹었습니다.

'변소'보다는 '화장실'이 더 익숙한 요즘 아이들에게 변소 귀신은 아무런 공포감도 주지 못합니다. 순식간에 물이 내려와 아무 일 없었다는 듯 깨끗해지는 변기에는 귀신이 끼어들 여지가 전혀 없습니다. 귀신뿐만이 아닙니다. 변소의 주인공(?)인 똥도 설 자리를 잃었습니다. 일상의 한 부분이던 똥이 그저 더럽고 필요 없는 것으로 전락해 버리고 말았습니다.

책을 통해 동물의 똥에 해박한 아이들도 정작 우리 사람이 눈 똥에 대해서는 잘 모릅니다. 수세식 변기로 들어간 똥이 어디로 가서 어떻게 되는지 전혀 알지 못합니다.

깨끗하고 쾌적한 지금의 화장실. 좋기는 하지만 뭔가 아쉬운 마음을 떨쳐 버릴 수가 없습니다. 단지 배설하고 씻어 내는 장소가 아니라 옛날처럼 재생산의 장소로 돌아올 수는 없을까요? 아이들에게도 재미와 상상이 넘치는 공간으로 바뀔 수는 없는 걸까요?

내 고향은
열대 밀림

무미건조한 화장실을 살아 있는 곳으로 만드는 좋은 방법.

바로 식물이 살게 하는 것입니다. 생명이 없던 곳에 생명이 살기 시작하면 그곳은 '무'에서 '유'의 공간으로 바뀝니다. 삶의 이야기가 있는 공간으로 다시 태어납니다.

하지만 어느 집이든 화장실은 햇빛이 잘 안 드는 경우가 많습니다. 창문이 있다 하더라도 대부분 조그맣고, 사람이 없을 때는 불을 꺼두기 때문에 낮에도 컴컴하기 쉽습니다. 햇빛을 쬐어야만 살 수 있는 식물에게 화장실은 최악의 장소입니다. 며칠은 그럭저럭 견딜 수 있을지 몰라도 오랫동안 살기는 힘듭니다. 이런 상황에서 최선의 방법은 빛이 부족하고 습도가 높은 환경에서도 잘 버티는 식물을 고르는 것입니다. 바로 아디안툼처럼 말이죠.

원래 아디안툼 같은 고사리과 식물은 브라질을 비롯한 열대 아메리카의 밀림이 고향입니다. 늘 축축하고 햇빛이 잘 안 드는 밀림 속에서 까마득한 세월 동안 살아온 것이지요. 덕분에 지금 아디안툼은 다소 빛이 부족한 곳에서도 잘 살아 나갑니다. 화장실을 비롯해 습하지만 어두운 곳에서도 잘 버틸 수 있습니다. 올망졸망 줄기에 달라붙은 작은 잎들은 오히려 그 상황을 즐기듯 까불며 장난을 치기도 합니다.

그렇다고 해서 며칠이고 계속 빛을 보여 주지 않는다면 처음에는 조금씩 잎의 빛깔이 흐려지다가 하나둘 시드는 잎이 나올 겁니다. 그러다 아디안툼 전체가 기운을 잃고 죽어 버리겠지요. 결국 식물이라면 제 아무리 튼튼하다 해도 빛 없이는 살 수 없습니다. 식물에게 가장 중요한 광합성은 빛이 없으면 불가능하니까요.

따라서 아디안툼의 경우 적어도 일주일에 절반가량은 환한 거실에 놓아두어야 합니다. 빛을 받을 때 비로소 열심히 영양분도 만들고 잎의 빛깔도 선명해지므로 화장실에서도 오랫동안 아디안툼을 즐길 수 있습니다.

우리 모두
일상을 싱그럽게

"안녕하세요?"

아디안툼은 화장실에 들어오는 사람마다 인사를 건넵니다. 인사를 받으면 처음에는 쑥스럽겠지요. 뭐라고 답인사를 해야 할지도 모르겠고, 적나라한 맨모습을 보이는 게 창피하기도 합니다. 하지만 하루 이틀 시간이 지나고 아디안툼의 자리가 익숙해질 때쯤이면 아디안툼만큼 좋은 친구가 없다는 걸 깨닫게 될 겁니다.

가족 그 누구에게도 하지 못하는 이야기. 내 가슴 속에 꼭꼭 묻어 두고 싶은 이야기. 고해 성사하듯 아디안툼에게 살짝 말해 보세요. 말참견 한 번 안 하고 모두 다 들어 줄 겁니다. 그리고 부드러운 목소리로 위로하고 격려해 주겠지요.

"이제는 아무 일 없을 거야."

"괜찮아. 앞으로는 잘될 거야."

귀신이 빨간 휴지를 내미는 스릴 있는 화장실은 못 되더라도 이 정도면 충분히 즐겁고 기분 좋은 화장실이 아닐까요? 화장실의 아디안툼과 함께 우리 일상이 다시금 생기를 찾았으면 좋겠습니다.

추억 없이 어떻게 살아

호야 — Wax plant

세월은 흘렀지만
그래도!

    손이 잘 닿지 않는 집 안 한구석의 책장에는 수백 장의 레코드판이 먼지를 뒤집어쓴 채 꽂혀 있습니다. 학생 시절 제 용돈과 시간의 대부분을 가져간 것들이지요. 그 가운데 한 장을 꺼내 봅니다.

    조심스레 까만 레코드판을 꺼내자 특유의 냄새와 함께 그 시절의 추억도 따라 나옵니다. 지금은 비록 턴테이블이 없어 들을 수 없지만, 레코드판을 가만히 들여다보고 있자니 어느새 조그맣게 노랫소리가 들려옵니다.

레코드판을 무대에서 밀어낸 CD마저 찬밥 신세가 된 지금이지만, 레코드판은 여전히 빙글빙글 돌면서 잊혔던 이야기 보따리를 풀어냅니다. 그 속에서는 인사동 찻집에서 마시던 모과차 향기도 흘러나오고, 막걸리와 함께 먹던 고등어 구이의 고소한 냄새도 흘러나옵니다.

계룡산 민박집 아줌마가 보여 주던 환한 미소도 흘러나오고, 강촌의 얼어붙은 구곡폭포를 보며 지르던 함성도 흘러나옵니다. 세월이 흘러 세상은 변해 버렸지만, 그나마 이렇게 곱씹을 추억이 남아 있다는 게 얼마나 다행인지 모르겠습니다.

정 붙이고 사는 곳이
고향

저희 집 거실의 한구석을 우두커니 지키고 있는 호야는 심심할 때마다 이런 이야기를 합니다.

"제 고향이 어딘 줄 아세요? 바로 오스트레일리아예요. 아주 멋진 곳이죠. 지금도 그곳에 가면 제 친구들이 아주 많이 살

고 있어요. 친구들은 울창하게 덩굴을 이루며 살고 있는데, 때
때로 덩굴이 아주 길게 늘어지면 개구쟁이 아이들이 매달려서
논답니다. 마치 타잔처럼 말이죠."

호야가 입을 열 때마다 저는 호야의 잎사귀에 물을 적셔 줍
니다. 건조한 실내에 있는 식물들은 이렇게 잎에 물을 뿌려 주
는 걸 좋아하거든요.

"그럼 너도 친구들이랑 놀 때가 있었겠구나."

"그럼요. 얼마나 신났는지 몰라요. 게다가 저희는 그곳에서
뿌리를 땅속에 넣지 않고 밖에 내놓고 살았어요. 뿌리를 바위
나 나무에 찰싹 붙이고 공기 중의 물을 빨아 먹었죠. 나중에 들
어 보니 사람들은 그걸 '공기뿌리'라고 부르대요."

"그런데 나는 네 몸에서 공기뿌리를 한 번도 본 적이 없
는 걸?"

"그야 당연하죠. 지금은 공기뿌리가 필요 없으니까요. 화분
속에 살면 지금처럼 흙 속에 있는 뿌리만으로도 충분해요. 아
저씨가 알아서 물을 잘 주시니까 아무 걱정 없어요."

호야는 내색을 안 하지만 사실 저는 호야와 이야기를 나눌
때마다 미안합니다. 멋대로 데려와 모양을 바꿔 놓은 게 바로
사람이니까요. 호야는 고향의 경치며 친구들의 모습이 얼마나

보고 싶을까요?

"아니요. 저는 지금 생활도 아주 좋아요. 저를 사랑해 주는 아저씨도 있고, 저와 평생을 함께할 화분도 있잖아요. 저에게는 여기도 고향이에요."

고향의 추억,
추억의 흔적

'고향'이란 단어를 떠올려 봅니다. 여러분에게 고향은 어떤 의미인가요? 국어사전이 말하는 고향의 정의는 첫 번째, 태어나서 자란 곳, 두 번째는 조상 때부터 대대로 살아온 곳입니다.

사전의 첫 번째 정의로 하자면 제 고향은 서울입니다. 그런데 왠지 '서울'과 '고향'이라는 단어는 그리 잘 어울리지 않습니다. 서울은 그냥 삶의 터전일 뿐이고, 고향은 왠지 어느 먼 시골이어야만 할 것 같습니다. 서울에서 태어나 50여 년 가까이 살아왔으면 이제 고향처럼 느껴질 법도 한데, 왜 아직도 서울이 낯설기만 할까요? 그건 아마 서울에는 추억의 흔적이 남아 있지 않기 때문일 겁니다.

사람들은 건물이 몇 십 년만 지나도 낡았다며 부수고 금세 새로 짓습니다. 그러면서 옛 건물에 담겨 있던 추억의 시간까지 함께 없애 버립니다. 변해야 할 것과 변하지 말아야 할 것의 구분 없이 모든 게 변해 버린 '현재'라는 공간만 남아 있습니다.

오래 되고 낡았지만 기품 있어 보이는 곳, 시간이 쌓이고 쌓여서 이야기가 숨어 있는 곳. 서울에서 그런 곳은 갈수록 찾기 힘들어집니다. 숨어도 숨어도 사람들이 귀신같이 찾아내니까요. 하지만 모조리 잊히고 사라지기에는 소중하고 아름다운 것들이 너무 많습니다. 여전히 남아서 우리를 행복하게 해 줄 것들도 너무 많고요.

그러고 보니 호야 또한 자신의 고향을 이야기할 때 겉으로는 아무렇지도 않은 듯 웃고 있었지만, 속으로는 걱정했을지도 모르겠습니다.

'내 고향도 서울처럼 변해 버렸으면 어쩌지? 내 친구들이 살던 곳이 모두 없어져 버리지는 않았을까?'

혹시나 이런 걱정을 했을 호야에게 제가 할 수 있는 일이라곤 잎에 물을 뿌려 주는 일뿐입니다. 호야의 고향이 사라지지 않고, 호야 또한 고향의 추억을 잊지 않으면 좋겠습니다.

누가 장식품이래!

카네이션 — Carnation

어버이날은
내가 책임질게

흔히 '절화折花'라고 말하는 꽃꽂이용 꽃을 파는 시장은 서울에 여러 군데 있지만, 그중 가장 크고 많이 알려진 곳을 들자면 남대문시장과 고속버스터미널, 양재동 꽃시장 정도가 있습니다. 저도 종종 수업에 쓸 재료를 사기 위해 새벽 시장에 들르곤합니다.

이런 절화 시장에서 카네이션은 어쩌면 특별한 존재입니다. 절화 시장은 졸업과 입학이 있는 2~3월, 그리고 어버이날

이 있는 5월이 가장 붐비는 때인데 카네이션은 그 가운데 어버이날을 책임지는 '반짝 스타' 같은 꽃입니다.

물론 온실에서 재배되는 덕분에 사철 언제나 볼 수는 있지만, 어버이날을 앞둔 4월이면 절화 시장은 마치 거대한 카네이션 꽃밭 같습니다. 꽃들 가운데 이처럼 한 기념일에 특화된 꽃이 또 있을까요? 카네이션은 그야말로 누구도 따라올 수 없는 기념일의 꽃입니다.

옛날 옛적부터 키워 온
신성한 꽃

카네이션이 어떻게 어버이날을 상징하는 꽃이 되었는지에 대해 몇 가지 설이 있지만, 정말 근거 있는 이야기인지는 확인하기 어렵습니다. 중요한 것은 지금 이 시대 카네이션의 상징성입니다. 할아버지, 할머니들은 조악한 재질의 가짜 카네이션을 가슴에 달고 뿌듯한 표정으로 거리를 다니십니다. 젊은 엄마, 아빠들도 아이가 유치원, 어린이집에서 만들어 온 색종이 카네이션을 가슴에 달고 기분이 좋아 어쩔 줄 모릅니다.

이렇듯 거의 공산품 취급을 받으며 어른들을 기쁘게 해 드리는 카네이션. 이 카네이션은 어디에서 태어났을까요? 카네이션의 고향은 서아시아와 남유럽 지역입니다. 이 지역 사람들은 장미, 튤립과 더불어 오래전부터 카네이션을 키워 왔습니다. 고대 그리스 시대에 이미 재배한 기록이 남아 있다고 하니, 언뜻 따져 보아도 그 역사는 2천 년이 넘습니다.

'카네이션Carnation'이란 이름에 대해서는 야생종 카네이션 꽃의 색깔이 고기 색깔과 비슷해서 '고기', '살' 등을 뜻하는 라틴어 'Carneus'에서 왔다는 설도 있고, 셰익스피어가 살던 시절 영국에서 대관식을 장식하는 꽃Coronation flower으로 쓰여서 그런 이름을 얻었다는 설도 있습니다. 카네이션의 속명屬名인 'Dianthus'가 'Dios(신성한)'와 'Anthos(꽃)', 즉 '신성한 꽃'이란 뜻인 것만 보아도 그 당시 사람들이 카네이션을 어떻게 생각했는지 알 수 있습니다.

참, 카네이션의 속명인 'Dianthus'를 인터넷에서 검색해 보면, 카네이션이 아닌 다른 꽃 이름이 나오는데 바로 '패랭이꽃'입니다. 장미의 야생종 원형 가운데 하나가 '찔레꽃'이듯 카네이션 또한 패랭이꽃을 원형으로 두고 있습니다. 카네이션과 패랭이꽃을 나란히 놓고 살펴보면 생김새가 매우 비슷합니다.

다만 패랭이꽃이 전혀 꾸미지 않은 수수한 차림새라면, 카네이션은 한껏 꾸미고 화려한 차림새를 했다고나 할까요?

지금 우리가 어버이날에 보는 카네이션은 수없이 많은 품종 개량을 통해서 만들어졌지만, 그 가운데 가장 원류가 되는 것은 19세기 프랑스의 원예가가 만든 카네이션이라고 알려져 있습니다. 그 후 20세기에 들어 미국이 품종 개량을 주도하면서 우리에게 익숙한 카네이션 품종이 태어났습니다.

난 장식품이 아니에요

카네이션은 어버이날 가슴에 달기만 하다 보니 꽃꽂이용 꽃으로 많이 알려져 있지만, 화분에 심어서 키울 수도 있습니다. 원래는 여러해살이풀이므로 꽃은 시들더라도 뿌리는 계속 살아서 해마다 꽃을 피워야 하지만, 실제로 그렇게 키우기는 쉽지 않습니다.

하지만 한 해만 살더라도 꽃꽂이용 꽃보다는 훨씬 오랫동안 즐길 수 있습니다. 그래서 요즈음에는 어버이날 시즌, 화분

을 파는 분화盆花 시장에 가 보면 꽃시장 전체가 카네이션의 빨간색으로 뒤덮여 있습니다.

화분에서 자라는 카네이션들은 꽃꽂이용 카네이션보다 종류도 적고 덜 화려하지만, 저는 왠지 이 카네이션들이 더 마음에 듭니다.

'나는 장식품이 아니라 살아서 숨 쉬고 있는 꽃이라고요.'

흙 속에 뿌리를 내리며 살고 있는 카네이션을 쳐다보고 있으면 마치 이런 소리가 들리는 듯합니다.

카네이션을 부모님 가슴에 달아 드리기 시작한 것은 20세기 초반 미국에서 시작한 풍습으로 알려져 있습니다. 그렇다면 사람 손에 카네이션이 키워진 역사를 대략 2천 년으로 보더라도 지금 우리가 갖고 있는 카네이션의 어버이날 이미지는 그 역사가 매우 짧습니다.

어버이날 덕분에 일 년에 한 번씩 '귀한 몸' 대접을 받기는 하지만, 어버이날이 지나고 나면 갑자기 사그라드는 관심에 카네이션이 좋아할 리는 없을 것 같습니다. 어쩌면 카네이션은 어버이날의 장식품이 되는 바람에 자신의 진정한 정체성을 잃어버렸다며 슬퍼할지도 모릅니다.

저는 어버이날 카네이션을 볼 때면 가끔 우리 아이들이 떠오르곤 합니다. 때마다 있는 시험과 대학 입시, 멀게는 취업 준비로 삶의 목표가 맞춰져 있는 아이들. 대개 아이들의 삶은 시험 전과 후로 나뉩니다. 시험 전에는 온갖 스트레스와 불만에 가득 차 있다가 시험이 끝나면 시험 결과에 따라 자존감이 올라가기도 하고 내려가기도 합니다.

카네이션이 어버이날을 위해 존재하는 꽃이 아니듯 아이들 또한 시험을 위해 존재하는 인간이 아니란 사실을 저도 제 아이들에게 자신 있게 말해 주고 싶지만, 막상 그런 말이 입 밖으로 잘 나오지 않습니다.

연세 드신 어른들이 종종 "아이들은 놀면서 커야지"라고 말씀하시는데, 이 말에는 '아이들은 놀아야 클 수 있다'라는 메시지가 담겨 있습니다. 즉 아이들의 정체성은 '노는 것'이지요.

"얘들아, 너희들 놀고 싶은 대로 실컷 놀아라!"

아이들에게 이렇게 소리치고 싶기도 하지만, "그런데 뭐하고 놀아요?" 하고 물을까 봐 걱정이 되기도 합니다. 아이들의 유전자 속에 장식품 같은 어버이날 카네이션이 아니라, 먼 옛날 들판에서 자유롭게 살던 카네이션의 '기억'이 남아 있길 바랄 뿐입니다.

크리스마스가 좋아!

포인세티아 — Christmas flower

꿈과 환상의
크리스마스

크리스마스. 아이 때나 어른이 된 지금이나 언제 들어도 가
슴 설레는 단어입니다. 원래의 의미가 퇴색되고 상업적으로 변
질되었다 해도 아이들에게 크리스마스는 여전히 꿈과 환상입
니다. 어른들에게도 왠지 마음을 훈훈하게 해 주고 무언가 좋
은 일이 생길 것만 같은 기대감을 갖게 하지요.

크리스마스를 크리스마스답게 만들어 주는 것은 뭐니 뭐니
해도 선물입니다. 12월이 되고 크리스마스가 하루하루 가까워

지면 아이들은 선물을 기다리기 시작합니다. 받고 싶은 선물이 수시로 바뀌고, 산타할아버지에게 잘 보이려고 착한 행동도 열심히 합니다. 이때를 놓칠 새라 어른들은 아이에게 즐거운 협박을 하지요.

"엄마, 아빠 말 안 듣는 나쁜 아이에게는 산타할아버지가 선물 안 줘서. 산타할아버지는 착한 아이에게만 선물을 주시는 거 알지?"

크리스마스는
생사의 갈림길

멕시코에 와 있던 미국의 선교사이자 식물학자 포인세트 Joel Robert PoinSett는 1825년의 어느 날 이제껏 한 번도 본 적이 없는 꽃을 발견했습니다. 멕시코에서 자생하던 이 꽃은 줄기가 잘린 자리에서 우유빛 액이 나왔는데, 원주민들은 그 액을 해열제로 쓰고 있었습니다.

포인세트는 곧 이 꽃을 미국으로 가져갔고, 빨간 잎이 예쁜 이 꽃은 포인세트의 이름을 따서 '포인세티아'라고 불리게 되었습니다. 그 후 포인세티아는 미국에서 유럽으로 건너갔습니다. 당시 유럽에서는 크리스마스가 되면 예수님의 피를 상징하는 빨간색으로 집과 거리를 장식했는데, 포인세티아는 특유의 빨간색 덕분에 크리스마스 장식용으로 큰 인기를 얻었습니다. 자연스레 '크리스마스 플라워'란 이름도 얻게 됐지요.

혹시 한 번이라도 포인세티아를 본 적이 있는 분이라면 지금 그 모습을 떠올려 보세요. 빨간색 잎이 아래쪽의 녹색 잎과 어우러지고, 금방울 같은 조그만 꽃이 빨간색 잎 사이에서 반짝이는 모습…. 사람들이 만들어 놓은 그 어떤 번쩍거리는 트리보다 더욱 더 크리스마스 분위기가 느껴집니다. 그야말로 크리스마스를 위해 태어난 식물이구나 싶을 정도입니다.

그런데 이렇게 크리스마스의 화려한 주인공 역할을 하는 포인세티아에게도 때로는 크리스마스가 생사의 갈림길이 될 때가 있습니다. 우리나라처럼 추운 곳에서 크리스마스를 보낼 때지요.

포인세티아는 추위에 강할까요? 약할까요? 의외로 많은 분이 포인세티아가 추위에 강할 거라고 착각하고 있습니다. 아마도 크리스마스 플라워라는 이미지 때문일 텐데요. 하지만 잘 생각해 보세요. 포인세티아의 고향인 멕시코는 추운 곳인가요?

더운 곳인가요? 포인세티아의 고향이 어디인지만 알고 있어도 이 식물이 추위에 약하다는 사실은 금세 알 수 있습니다.

따라서 우리나라처럼 겨울에 영하로 기온이 떨어지는 곳에서는 포인세티아를 밖에 내놓으면 안 됩니다. 잠깐 보기는 좋을지 몰라도 금세 얼어 죽고 마니까요. 포인세티아로 크리스마스 분위기는 살리되 반드시 실내에서 즐길 것. 이게 바로 우리나라에서 크리스마스 플라워를 즐기기 위한 기본 수칙입니다.

우리 가족에게
축복을

꽃시장에는 9월이면 포인세티아가 나오기 시작합니다. 계절을 앞서 나가는 백화점도 11월 중순은 되어야 크리스마스 분위기를 내는 걸 생각하면 꽃시장의 크리스마스는 꽤나 빨리 오는 편입니다.

가을 바람이 기분 좋게 느껴질 때 아이의 손을 잡고 꽃시장에 가 보세요. 느긋하게 포인세티아를 구경한 다음, 빨간색이 가장 선명한 포인세티아 화분을 하나 고르는 겁니다. 집에 데

려온 포인세티아는 집 안에서 가장 환하고 잘 보이는 곳에 놓습니다.

햇빛이나 물이 부족하면 잎이 금세 떨어져 버릴 수 있으니 항상 신경을 써야 합니다. 어느 정도 시간이 지나 포인세티아가 집 안 분위기에 적응했다고 생각되면 그날부터 크리스마스까지 포인세티아 화분 앞은 우리 가족의 이야기 장소입니다.

아빠는 어릴 적 크리스마스 날 무얼 했는지, 엄마는 어떤 선물을 받았을 때 가장 기뻤는지, 그리고 아이는 이번에 어떤 선물을 받고 싶은지 포인세티아 앞에서 함께 이야기해 보세요. 크리스마스에 관한 그림책을 아이에게 읽어 줘도 좋고, 크리스마스를 배경으로 한 영화를 함께 봐도 좋겠습니다.

이렇게 시간을 보내다 보면 이제까지는 못 느꼈던 또 다른 교감이 어느새 가족 간에 오갈 겁니다. 가족을 지켜보던 포인세티아 또한 가만히 있을까요? 자신의 꽃말인 '축복하다'처럼 우리 가족에게 축복에 축복을 더할 게 틀림없습니다. 올해 크리스마스에는 꼭 포인세티아와 함께해 보세요.

누가 나를
위로해 주나?

식물을 키우다 보면 작은 일에도 감사하게 됩니다. 가지 끝에 꽃봉오리가 맺혔을 때나 시들시들해서 죽을 것 같았던 식물이 새 잎을 피웠을 때 느끼는 기쁨은 무엇에도 비할 바가 아니지요. 비록 우리 눈에 보이지는 않지만, 살기 위해 얼마나 필사적으로 노력했을지 가늠할 수 있습니다. 노력하는 모든 생명은 아름답습니다. 희망과 위로를 준다는 점에서 식물은 가족입니다. 그렇고말고요. 가족의 일원으로서 당당하게 제 몫을 해 내는 모습을 보세요. 식물이 사람에게 주는 정서적 위안과 행복은 이해 타산을 초월합니다.

플라세보 효과도 효과는 효과

행운목 — Corn plant

우리 주변의

부석들

밤 늦게 집에 도착하니, 주차장에 차를 댈 곳이 없습니다. 간신히 빈자리를 찾아 차를 대고 집으로 들어가는 길, 세워져 있는 다른 차들이 눈에 들어옵니다. 어슴푸레한 차 안을 보니, 룸미러에는 십자가도 걸려 있고, 분홍색 연꽃도 있습니다. 어떤 차 안에서는 환하게 웃고 있는 아이의 사진도 보입니다.

직접 물어보지는 않았지만 이 물건들을 차 안에 둔 사람들의 마음은 대략 알 것 같습니다.

'차에 타고 있는 동안 사고가 안 나도록 잘 지켜 주세요.'

십자가나 연꽃, 그리고 아이 사진이 특별한 힘을 발휘해 주기를 바라는 것이겠지요. 일종의 부적인 셈입니다. 그런데 우리 주변에는 이것 말고도 특별한 힘을 발휘하는 물건들이 많이 있습니다. 하나만 더 예를 들어 볼까요?

몇 십 년 전으로 거슬러 올라가 아파트보다 한옥이 훨씬 많던 시절, 한옥 대문 위로 흔히 보이는 게 있었으니 바로 삼두매. 몸 하나에 머리가 셋 달린 매의 그림이었습니다. 예로부터 사람들은 집에 들어오는 악귀를 삼두매가 막아 준다고 믿었습니다. 그래서 대문이나 현관 위처럼 악귀가 들어올 만한 길목에 삼두매 부적을 붙여 놓았지요.

'집 안에 나쁜 기운이 못 들어오도록 잘 지켜 주세요.'

삼두매가 특별한 힘을 발휘해 주기를 바랐던 것입니다. 세월이 흘러 요즘은 웬만해서는 삼두매 부적을 보기 힘들어졌지만, 예나 지금이나 사람들의 마음은 그대로입니다. 단지 달라진 게 있다면 삼두매가 경비업체의 빨간 불빛으로 모습을 바꾼 것 정도랄까요? 하지만 길을 가다 보이는 빨간 불빛 속에는 삼두매의 부리부리한 눈빛이 여전히 살아 움직이고 있습니다.

십자가, 연꽃, 아이 사진, 그리고 삼두매. 이 물건들이 우리를 안심시키고 마음 든든하게 해 주는 것처럼 식물 가운데에는 우리에게 '행운'이라는 두근거림을 선물하는 친구가 있습니다. '행운을 주는 나무'라는 뜻의 이름을 가진 식물, 바로 행운목이 그 주인공입니다. '행운목'이란 이름이 이 식물의 정식 이름은 아닙니다. 사람들에게도 별명이 있듯 행운목 또한 이 식물의 별칭일 뿐입니다.

행운목의 정확한 이름은 '드라세나 프라그란스*Dracaena fragrans*'로, 드라세나속屬에 속한 식물입니다. 기니, 나이지리아, 에티오피아 같은 아프리카 대륙의 나라들이 고향이지요. 그렇다면 이 식물은 왜 원래의 이름을 놔 두고 행운목이란 이름을 갖게 되었을까요? 그 이유에 대해서는 대략 두 가지 설이 있습니다.

하나는 이 식물이 웬만해서는 꽃이 피지 않기 때문입니다. 그러니 꽃 핀 모습을 본 사람은 정말 운이 좋다고 해야겠지요. 또 하나는 일본에서 '행복의 나무'라는 별명으로 불리던 이 나무가 우리나라에 들어오면서 '행운목'으로 이름이 바뀌었다는 설입니다. 사실 두 가지 설 가운데 어느 쪽이 정답인지 아무도 모릅니다. 둘 다 정답일 수도 있고, 둘 다 정답이 아닐 수도 있겠지요.

하지만 이유야 어떻든 무슨 상관입니까? 행운목이란 이름 덕분에 사람들에게 많이 알려졌다면 그걸로 충분하겠지요. 실제로 행운목의 성공은 그 후 많은 원예식물이 별칭을 갖는 계기가 되었습니다.

간절히 바라면 온다

드라세나속에는 행운목 말고도 우리에게 친숙한 식물이 여럿 있습니다. 대표적인 종류로 드라세나 콘신나*D. concinna*, 드라세나 데레멘시스*D. deremensis*, 드라세나 산데리아나*D. sanderiana*, 드라세나 레플렉사*D. reflexa*, 드라세나 고드세피아나*D. godseffiana* 등을 들 수 있습니다. 이름만 낯설다 뿐이지 실제로 보면 모두 눈에 익은 식물들입니다. 식물을 키우는 집이라면 한두 개씩은 반드시 있는 것들이지요.

이 식물들은 모두 성질이 까다롭지 않아서 원예 초보자들도 부담 없이 키울 수 있습니다. 실내의 반그늘에 두고 물만 제때 준다면 몇 년이 지나도 싱싱한 모습을 그대로 유지합니다. 성장이 아주 빠르지 않은 데다 증산 작용도 활발한 편이어서 실내에 두면 좋습니다.

의학 용어 가운데 '플라세보 효과Placebo effect'라는 것이 있습니다. 환자에게 진짜 약 대신 밀가루 같은 가짜 약을 주어도 환자는 정말로 낫는 기분을 느낀다는 것이지요. 저는 행운목을 볼 때마다 플라세보 효과를 떠올립니다.

'행운목을 집에 두면 행운이 굴러들어 오고 행복해진다.'

이렇게 생각하는 겁니다. 언젠가 정말로 행운이 찾아오면 '역시 우리 집 행운목은 대단해. 진짜 효과가 있는걸' 하고 감탄하면 되겠지요. 행여 행운이 비껴가더라도 '아직은 내 차례가 아닌가 보네. 기다리다 보면 언젠가는 오겠지' 하고 느긋하게 기다리면 됩니다.

'행운은 간절히 행운을 기다리는 자에게만 온다.'

행운의 주인공이 되고 싶은 분이라면 행운목 한 그루 정도 집에 있는 것도 괜찮을 것 같습니다.

내게 희망을 보여 줘

관음죽 — Bamboo palm

내가
네 나이라면

지금은 돌아가신 제 할머니께서 여든 살 무렵에 이런 말씀을 하셨습니다.

"내가 일흔 살만 돼도 참 좋겠구나."

15년 전쯤 제가 회사를 그만두고 유학을 결심했을 때 저보다 일곱 살 많은 선배는 이렇게 말했습니다.

"내가 네 나이라면 뭐든지 할 수 있겠다."

사람은 본능적으로 나이 먹는 걸 싫어합니다. 늙는다는 것 그 자체가 싫어서 그럴 수도 있지만, 그보다는 자신에게 주어진 가능성이 점점 줄어드는 게 두렵기 때문일지도 모릅니다. 그래서 대부분의 사람들은 늘 '희망'이란 끈을 놓지 않으려고 합니다.

'지금의 현실이 너무나 힘들고 못마땅해도 앞으로 반드시 나아질 것이다.'

'희망'으로 정의되는 이 문장을 가슴에 품고 나이의 중력을 이겨 냅니다. 5년 후, 10년 후, 심지어 30년 후의 내 모습이 지금과 같다면 우리는 무슨 힘으로 앞으로의 시간을 버텨 낼 수 있을까요? 사람들이 종교를 찾는 것 또한 그 속에 희망이 있기 때문일 겁니다. 지금보다 나아진 내 모습, 살기 좋아진 세상을 기대하는 기쁨. 다른 사람과 비교의 대상이 되는 것이 아니라 오로지 '나' 자신으로 완성되는 기쁨. 그 기쁨을 주는 것만으로도 종교는 이미 이 시대에서 존재 이유를 충분히 갖는 거라 생각합니다.

'관음'이란 단어 때문인지 저는 관음죽觀音竹의 이름을 들을 때마다 충남 서산에 있는 절, 개심사가 떠오릅니다. 실제로 그곳에서 관음죽이 자라고 있는 것도 아니건만, 세심동洗心洞으로 시작하는 고즈넉한 산길 어디에선가 관음죽이 우리 중생들을 맞이할 것만 같습니다.

관음죽은 이름에 '죽竹'자가 있어서 대나무로 오해하기 쉽지만 대나무는 아닙니다. 대나무와 생김새가 비슷해서 '죽'자가 붙었을 뿐 야자과 식물입니다. 중국 남부 지방이 고향이며, 일본의 오키나와 지방으로 전해져 관음산이란 곳에서 자랐기 때문에 그런 이름을 갖게 되었습니다.

관음죽은 대개의 관엽식물이 열대우림의 느낌을 강하게 풍기는 데 반해 유난히 동양적인 느낌을 전해 줍니다. 이는 관음죽의 고향이 중국인 탓도 있겠지만, 전체 모양에서 느껴지는 차분함과 관음죽이란 이름이 주는 분위기가 단단히 한몫을 하는 것 같습니다.

이런 관음죽만의 독특한 이미지 덕분일까요? 관음죽은 관엽식물 가운데에서도 꽤 인기가 높습니다. 특히 새로 가게를 열거나 새 집으로 이사했을 때 축하용 선물로 많이 이용되는데, 이는 관음죽이 동양적 의미에서 복福을 부르는 식물로 알려져 있기 때문입니다.

그렇다면 복을 부르는 식물 '관음죽'은 집 안 어디에 두어야 복을 많이 불러올 수 있을까요? 그야 뭐니 뭐니 해도 사람이 들락날락하며 안과 밖이 연결되는 현관이 아닐까 싶습니다. 대개 현관은 식물이 자라기에는 최악의 조건입니다. 햇빛이 잘 들지 않고, 문을 여닫을 때마다 기온 차가 크기 때문이지요. 하지만 관음죽은 이런 환경에서도 쉽게 흔들리지 않습니다. 바깥에서 찬바람이 들어온다 해도 투정을 부리는 일이 없으며, 햇빛을 좀 못 쬐더라도 며칠에 한 번 정도 바깥 그늘에 놓아 주면 따뜻한 햇볕과 솔솔 부는 바람을 느끼며 안분지족합니다.

관세음보살이 중생에게 베푸는 대자대비의 신심神心. 관음죽은 바로 그 마음으로 주어진 환경을 맞이합니다. 그렇다면 이렇게 신심이 넘치는 관음죽을 서양에서는 뭐라고 부를까요? 서양에서는 전혀 다른 이름으로 불립니다. 불교 문화권인 동양에서야 '관음'이란 단어가 익숙하지만, 서양에서는 전혀 다른 세상의 이야기니까요.

서양에서는 관음죽을 'Bamboo palm'이나 'Slender lady palm'이라 부릅니다. 대나무처럼 생긴 야자, 날씬한 아가씨 같은 야자라는 뜻이지요. 분명 같은 식물이건만 한쪽에서는 대자대비한 관세음보살을 떠올리고, 다른 한쪽에서는 늘씬한 아가씨를 떠올린다는 게 그저 신기하고 재미있을 따름입니다.

희망?
마음 먹기 나름

똑같은 사물이나 상황이 주어지더라도 사람들은 반응이 천차만별입니다. 컵에 물이 반밖에 안 남았다는 사람과 물이 반이나 남았다는 사람의 차이지요. 거창한 종교의 교리와 절대자를 찾지 않더라도 집 안에 놓인 관음죽 한 그루에서 가족 모두 희망을 볼 수 있다면 얼마나 좋을까요?

몸이 편찮으신 할아버지, 할머니. 사는 일에 정신이 없는 아빠, 엄마. 공부하느라 애쓰는 아이들. 심지어 부엌 구석에서 사람 눈치 보느라 고생하는 바퀴벌레와 개미까지도 생명이란 생명은 모두 관음죽 속에서 희망을 볼 수 있으면 좋겠습니다.

제 곁에 있는 관음죽은 그저 작은 식물에 지나지 않지만, 그 속에는 인자한 금동관세음보살이 살고 계셔서 지금 이 순간에도 끊임없이 희망의 미소를 던지고 계실지 모릅니다.

꽃도 추억을 저장한다

과꽃 — China aster

비로소
나의 누나

초등학교를 졸업한 후 동요와는 담을 쌓고 살았습니다. 별로 들을 기회도 없었거니와 매일 텔레비전과 라디오에서 흘러나오는 신나고 멋진 노래들 때문에 들어도 별 감흥이 없었으니까요. 그러던 어느 날 도감을 뒤적이다 과꽃을 만났습니다. 창피한 이야기지만 저는 그때까지 과꽃이 어떤 꽃인지 잘 몰랐습니다.

노래를 통해서 '과꽃'이란 이름은 알고 있었지만, 색깔이 어떻고 생김새가 어떤지는 잘 몰랐던 거지요.

'아! 이게 바로 과꽃이구나.'

도감에 실려 있는 과꽃 사진을 보니, "올해도 과꽃이 피었습니다"로 시작하는 동요 〈과꽃〉이 자연스레 떠올랐습니다. 제 머릿속에는 도감 속 과꽃과 노래 〈과꽃〉이 겹쳐지면서 과꽃을 좋아했다는 노래 속 누나가 나타났습니다.

"누나는 시집가서 행복하게 잘 살았어요?"

"누나는 계속 과꽃을 좋아했어요?"

"친정에 와서 남동생이랑 같이 과꽃을 봤어요?"

친누나도 아니고 저희 집 일도 아닌데, 자꾸 그 '누나' 생각이 나고 왠지 모르게 마음이 짠해졌습니다. 이게 바로 말로는 설명하기 힘든 '정서'란 것 아닐까요? 흔히 이야기하는 한국인의 정서 말입니다.

동요 〈과꽃〉 속에 바로 그 '정서'란 게 숨어 있다는 것을 저는 나이 사십이 넘어서야 비로소 깨달은 셈입니다. 좀 늦었지만 지금이라도 노래 〈과꽃〉이 '나의' 노래가 되고, 노래 속 누나가 '나의' 누나가 된 게 기쁘기 그지없습니다.

아이들과 함께 과꽃을 심으면서 이름을 물어봅니다.

"이 꽃 이름이 뭔지 아니?"

힌트라도 될까 싶어 〈과꽃〉을 흥얼거려 보지만, 아이들에게는 생소할 뿐입니다. 아이들 대부분은 "국화 아니에요?"라고 답합니다. 정답은 아니지만 과꽃이 국화과菊이니 반은 맞은 걸로 해 주고 싶습니다. 요즘처럼 아이들이 식물과 떨어져 사는 시대에 장미라고 하지 않은 것만도 감지덕지니까요.

과꽃은 현재 칼리스테푸스*Callistephus*속에 속해 있는 1속 1종의 식물이지만, 예전에 아스터*Aster*속에 속해 있던 탓에 지금도 아스터라고 불리기도 합니다. 학명*Callistephus chinensis*과 영어 이름China aster에서 알 수 있듯이 중국이 고향이며, 6월에서 9월 사이에 보랏빛이 도는 예쁜 꽃을 활짝 피웁니다. 한해살이풀이므로 꽃이 지면 식물 전체가 시들어 버리고 마는데, 이듬해에 이어서 심을 경우 잘 안 자라므로 한 해 과꽃을 심었던 자리에는 다시 안 심는 것이 좋습니다. 이런 현상을 '연작 장해'라고 합니다.

과꽃이 중국에서 전 세계로 퍼진 것은 1731년의 일입니다. 중국에 있던 한 가톨릭 신부가 프랑스의 파리 식물원으로 씨앗을 보낸 것이 그 시작이었지요. 이렇게 유럽으로 건너간 과꽃은 다양한 품종으로 개량된 다음 다시 중국을 비롯해 전 세계로 퍼져 나갔습니다. 따라서 지금 우리가 흔히 보는 과꽃도 실은 우리 고유의 야생종이 아니라 모두 유럽에서 개량된 것입니다.

실제로 야생종 과꽃은 그리 흔하지 않습니다. 우리나라에서도 북한 함경도 일부 지역에서만 자라고 있는데, 귀한 탓인지 북한에서는 이 야생종 과꽃을 천연기념물로 지정했습니다.

너의 삶이
더 단단해지기를

과꽃을 볼 때마다 시집간 누나가 생각나는 남동생. 비록 안타깝고 아련한 마음뿐이겠지만, 꽃을 볼 때마다 누군가가 떠오른다는 것은 참으로 행복한 일 같습니다.

'과꽃하면 난 금세 시들어 버렸던 과꽃 화분이 생각나.'
'과꽃하면 난 〈과꽃〉 노래를 좋아하던 엄마가 생각나.'

기쁜 추억이면 어떻고 슬픈 추억이면 어떻습니까? 우리 아이들이 지금 심고 가꾸는 과꽃도 10년 후 20년 후 추억의 대상이 될 수 있다면 정말 좋겠습니다. 그 추억이 아이들 마음속에 한 켜 한 켜 쌓여서 아이들의 삶이 좀 더 단단해진다면 더 이상 바랄 게 없겠습니다.

토닥토닥 위로해 줄래?

아글라오네마 — Aglaonema

죽이는 손
살리는 손

이십대 후반에 있었던 이야기입니다. 친구 커플을 만난 자리에서 친구의 여자 친구에게 이런 말을 들었습니다.

"혹시 레옹 닮았다는 말 안 들으세요?"

그때까지 영화 〈레옹〉을 보지 못했던 저는 레옹이란 인물이 너무나 궁금했습니다. 당연히 저는 다음날 대여점으로 달려가 〈레옹〉을 빌려 봤습니다. 그리고 저와 레옹의 닮은 점 세 가지를 어렵지 않게 찾아냈습니다. 첫째, 웃을 때 바보 같다. 둘째,

눈이 크며 약간 튀어나와 있다. 셋째, 앞머리가 조금 벗겨졌다.

영화 〈레옹〉 속에는 기억에 남을 만한 장면이 많이 등장합니다. 그 가운데 가장 인상적인 장면을 꼽아 보라면 한 손에는 총을, 다른 한 손에는 화분을 들고 걸어가는 레옹의 모습입니다. 영화 내내 레옹이 갖고 있던 심리 상태가 이 한 장면에 압축된 것 같다고나 할까요?

한 사람의 손이건만 한쪽 손은 생명을 죽이는 데 쓰이고, 다른 한쪽 손은 생명을 보살피는 데 쓰인다는 게 엄청난 부조리에, 이율배반처럼 느껴졌습니다. 이해가 될 듯하면서도 도무지 이해할 수 없는, 또는 이해하기 싫은 그 무언가가 장면 속에 숨어 있는 듯했습니다.

생긴 것도
제각각

아글라오네마*Aglaonema*는 영화 〈레옹〉에서 줄곧 레옹의 곁을 지킨 식물입니다. 레옹이 들고 다니던 작은 화분 속 식물이 바로 아글라오네마지요. 그런데 영화가 꽤 인기를 끌었던 것에 비해 아글라오네마는 그다지 주목받지 못했습니다. 영화 속 빛나는 조연이었음에도 불구하고 말이죠.

이는 아마도 우리나라에 아글라오네마란 식물이 별로 알려지지 않은 탓도 있고, 아직까지는 식물이 우리 생활의 관심사로 자리 잡지 못한 탓도 있을 겁니다. 이에 비하면 서양에서는 아글라오네마가 꽤 인기 있는 식물입니다.

그 이유는 우선 환경에 구애받지 않고 잘 자라는 튼튼한 성질 덕분이기도 하지만, 잎의 무늬가 품종에 따라 다양해 감상하는 재미가 그만이기 때문입니다. 녹색과 은백색이 조화를 이룬 품종부터 물감을 흩뿌린 듯 크림색 점이 찍혀 있는 품종, 잎맥을 따라 붉은 기운이 도는 품종까지 아글라오네마의 품종은 대략 50여 가지 정도가 됩니다.

외로운 킬러의 안식처

아글라오네마의 다양한 품종에서 한 가지 재미있는 공통점을 찾을 수 있습니다. 드보라Deborah, 마리아Maria, 매리 앤Mary

Ann, 시암의 여왕Queen of Siam, 은의 여왕Silver Quenn…. 다른 식물에 비해 유난히 여성과 관련된 이름이 많이 보입니다. 왜 하필 이 식물에는 이렇게 여성의 이름이 많이 붙은 것일까요?

아글라오네마 잎을 물끄러미 보고 있자니, 짙은 선글라스를 낀 레옹의 얼굴이 겹쳐 보입니다. 너무나도 남성스러운 레옹과 너무나도 여성스러운 아글라오네마. 두 존재의 만남이 왠지 모를 운명처럼 느껴지면서 레옹이 아글라오네마를 끝까지 놓지 않았던 진짜 이유를 알 것만 같습니다.

강해 보이지만 너무나도 약하고, 완벽해 보이지만 너무나도 빈틈이 많은 레옹에게 아글라오네마는 잠시나마 편안히 쉴 수 있는 안식처가 아니었을까요? 무슨 이야기를 하더라도 내 편이 되어 고개를 끄덕이고, 어려운 부탁도 다 들어주는 단짝 친구 같은 존재가 아니었을까요?

레옹의 모습 속에서 소외된 삶을 살고 있는 우리의 모습을 발견합니다. 언제나 누군가와 함께 있고 부지런히 무언가를 하고 있지만, 오히려 그 속에서 외로움은 더욱 더 커져만 갑니다. 나라는 존재가 끝없이 넓은 바다 한가운데 있는 무인도처럼 느껴집니다.

지금 자신의 처지가 레옹 같다고 느끼시는 분, 아니면 언젠가는 레옹처럼 될 것 같아 걱정되는 분이 계시다면 방법은 딱 하나. 작은 화분에 담긴 아글라오네마를 준비하세요.

　빛이 잘 드는 창가에 놓고 물을 주다 보면 어느새 아글라오네마는 단짝 친구가 되어 내 등을 토닥토닥 두드려 줄 겁니다. 생명이 생명과 이어지며 하나가 되는 감동을 경험하게 해 줄 겁니다. 세상에서 내 마음을 가장 잘 알아주는 단짝 친구와 마주하고 있는 풍경. 생각만 해도 기분이 좋지 않으신가요?

황새가 물고 온 선물

제라늄 — Geranium

그저

물만 주었는데

"자, 지금부터 제라늄과 라벤더 가운데 하나를 고르세요. 고른 식물은 자기가 책임지고 잘 길러서 1년 후에 서로 보여 주는 겁니다. 누가 제일 잘 길렀는지, 혹시 죽인 사람은 없는지 비교해 보면 재미있을 거예요. 참고로 제라늄은 알아서 잘 크는 편이고, 라벤더는 좀 까다롭습니다."

원예학교에 다니던 시절, 봄학기 첫 수업은 이렇게 시작되었습니다. 저는 은근히 라벤더가 마음에 들었지만, 선생님의 이

말 한마디에 덥석 제라늄을 집어 들었습니다. 1년 후 화분을 가져올 때 달랑 빈 화분만 가져오기는 싫었으니까요. 이렇게 해서 저희 집에 오게 된 제라늄은 그 후 1년 동안 저희 가족과 사이좋게 잘 지냈습니다. 가져올 때에 비해 몰라보게 몸집도 커졌지요.

"우리 아이는요. 학원에도 못 보내고 남들처럼 신경도 못 써 줬어요. 해 준 거라고는 끼니 때마다 따뜻한 밥 챙겨 준 것밖에 없답니다."

어려운 환경에서 자녀를 일류 대학에 보낸 부모의 심정. 그 당시 제라늄에 대한 제 마음이 그랬습니다. 햇빛 잘 드는 베란다에 놓고 물만 주었을 뿐인데 멋지게 잘 자라준 제라늄이 얼마나 대견했는지 모릅니다. 하지만 그로부터 10여 년이 지난 지금 그때 그 제라늄은 제 곁에 없습니다. 흙이 담긴 화분은 통관이 안 되는 탓에 귀국할 때 지인에게 주었으니까요. 지금도 어느 집에서 잘 자라고 있을 거라 믿고 싶은 제라늄. 꼭 한번 다시 만나보고 싶습니다.

제라늄과 황새의
공통점

　제라늄은 사철 꽃을 피울 뿐만 아니라, 영하만 아니라면 비교적 추위에도 강하기 때문에 우리 주변에서 쉽게 볼 수 있는 식물입니다. 빨강, 하양을 비롯해 꽃 색깔도 여러 가지. 게다가 품종에 따라 다양한 잎의 무늬도 제라늄을 더욱 멋들어지게 합니다.

　이런 매력 때문일까요? 서양에서는 제라늄을 꽃베고니아, 피튜니아와 함께 건물을 꾸미는 식물로 많이 사용합니다. 아무리 낡고 오래된 건물이라도 창가나 벽, 출입문에 제라늄이 꾸며져 있으면 금세 환하고 아름다운 공간으로 바뀌어 버립니다. 제라늄이 부리는 놀라운 마술이지요.

　그런데 이런 마술사 제라늄과 쏙 빼닮게 생긴 새가 한 마리 있습니다. 우리나라에서는 천연기념물 199호로 지정되어 있고, 서양에서는 우정과 끈기를 상징하는 새. 바로 황새입니다. 도대체 새와 꽃이 어떻게 닮을 수 있냐고 의아해할 분도 계시겠지만, 정확하게 표현하자면 제라늄의 열매와 황새의 부리가 닮은꼴입니다.

제라늄은 꽃이 지면 그 자리에 길쭉한 모양의 열매가 맺히는데, 그 열매의 생김새가 황새 부리와 비슷합니다. 알고 보면 제라늄의 학명인 'Pelargonium'도 그리스어로 '황새'를 뜻하고, 영어 이름 'Stork's-bill' 또한 황새 부리란 뜻을 갖고 있습니다.

그렇다면 길쭉한 부리를 가진 새는 황새 말고도 많을 텐데, 왜 하필 서양 사람들은 제라늄 열매에서 황새 부리를 보았을까요? 그건 아마도 황새라는 새가 품고 있는 좋은 이미지 때문일 겁니다. 아이들이 "아기가 어떻게 태어나느냐?"고 물으면 우리나라 어른들은 "다리 밑에서 주워 왔다"고 말합니다. 그런데 유럽 사람들은 대개 "황새가 아기 바구니를 물고 왔다"고 말합니다.

그러고 보면 서양에서 집을 꾸밀 때 제라늄을 많이 쓰는 것도 혹시 황새와 관계있는 것은 아닌지 궁금해집니다. 황새가 아기라는 축복을 물어다 주듯이 제라늄이 새로운 축복을 가져다 줄 거라고 믿는 게 아닐까요? 창가에 매달아 놓은 제라늄이 황새가 되어 자신들의 소망을 이루어 줄 거라 믿고 있는 게 아닐까요?

아직까지도 우리나라에서는 꽃으로 집 밖을 꾸민다는 게 낯설기만 합니다. 아파트 같은 공동주택에 많이 살아서 '집 밖'이란 개념이 희박한 탓도 있고, 뭔가를 집 밖에 드러내 놓고 꾸미는 게 어색한 탓도 있습니다. 하지만 작은 화분 하나라도 좋으니 집 밖에 내놓아 보세요.

대문 옆에 나란히 세워 놓아도 좋고, 창문에 매달아 놓아도 좋습니다. 분명 얼마 지나지 않아 놀라운 일이 벌어질 겁니다. 화분을 내놓은 집 주인은 물론이고, 그 집 앞을 지나다니는 사람들도 모두 행복해집니다.

어스레한 저녁 무렵 골목이나 아파트 복도에서 마주친 빨강 제라늄 꽃은 피곤에 지친 퇴근길의 아빠에게도, 하루 종일 아이에게 시달리다 장을 보러 나온 엄마에게도, 해도 해도 공부할 게 넘쳐 나는 하굣길의 아이에게도 더없이 좋은 치료제이자 자양강장제입니다.

혹시 또 아나요? 어느 날 황새가 로또보다 더 큰 행운을 우리 집에 물어다 줄지도 모른답니다.

남과 다를 수 있는 용기

크로톤 — Croton

누가 그린 그림이야?
똑같네!

예전 같으면 가볍게 보아 넘겼을 아이의 그림 한 장에서 요즘은 참으로 많은 의미를 끄집어냅니다. 가족을 그린 그림에서 아빠가 안 보이면 아이에게 아빠의 존재감이 없는 것이고, 자신의 모습을 항상 작게 그리면 아이가 자존감이 약하다는 식이지요. 그래서 요즘은 아이가 그림을 그릴 때 어떤 규칙을 요구하기보다는 최대한 자유롭게 표현하는 데 무게를 둡니다.

하지만 제가 초등학생이던 시절만 해도 달랐습니다. 모두 그림이 비슷비슷했습니다. 바다를 그리면 바닷속 물고기부터 물 위에 떠가는 돛단배까지 모두 비슷했고, 산을 그리면 우뚝 솟은 나무부터 하늘에 떠 있는 구름까지 별다른 차이가 없었습니다.

만약 지금의 잣대로 그때 저와 친구들이 그린 그림을 해석해 보면 저와 친구들은 동일인이나 마찬가지입니다. 성격도 같고, 취향도 같고, 심리 상태도 같은 셈입니다. 지금 생각해 보면 모두 다 비슷하게 그림을 그린 게 우습지만, 당시에는 아마도 당연한 일이었을 겁니다. 굳이 다르게 그릴 필요를 못 느꼈을 뿐더러 무엇보다 다르게 그릴 용기도 없었지요.

이토록 다양한 색깔이라니

크로톤을 처음 마주했을 때 저는 '화려함'이란 단어가 떠올랐습니다. 평범한 식물의 잎이 대개 녹색의 언저리를 맴돌고 있을 때 크로톤은 화려한 색감으로 눈을 즐겁게 해 줍니다. 물론 콜레우스Coleus나 이레시네Iresine, 칼라데아Calathea나 세네

치오Senecio처럼 컬러 리프Color leaf 식물이 없는 것은 아니지만, 크로톤처럼 만질만질하고 광택이 나는 식물은 좀처럼 보기 드뭅니다.

크로톤이 이처럼 아름다운 색과 광택을 유지할 수 있는 비결은 무엇일까요? 그 비결은 바로 햇빛에 있습니다. 크로톤은 강한 햇빛을 받으면 받을수록 잎의 색이 선명해지고, 윤이 납니다. 따라서 집에서 크로톤을 키울 때는 최대한 직사광선을 쐬어 주어야 합니다. 대부분의 관엽식물이 직사광선보다는 반그늘에 있는 것을 좋아하지만, 크로톤만큼은 고향인 말레이반도와 태평양제도에서 받았던 뜨거운 햇볕을 그대로 받고 싶어 합니다.

크로톤은 원래 고향에서는 키가 2미터가 넘는 나무입니다. 일년 내내 뜨거운 햇볕을 받고 자라는 상록수이기도 하지요. 하지만 현재는 품종 개량을 통해 크기와 모양이 다양해졌습니다. 잎 모양만 가지고 품종을 나눠 봐도 타원형의 큰 잎부터 가늘고 긴 잎까지 매우 다양합니다.

그냥 아저씨,
그냥 아줌마는 싫은데

저는 가끔 이렇게 다양한 종류의 크로톤을 보며 빈곤한 상상력에 자극을 받습니다. 어떤 때는 물감을 마음껏 뿌려 댄 아이의 도화지가 떠오르기도 하고, 어떤 때는 불빛만 남아 있는 한밤중의 도시가 떠오르기도 합니다. 어떤 때는 무한한 우주 속에 한 점이 되어 떠도는 제 모습이 떠오르기도 합니다.

크로톤을 보고 있는 아이들에게 묻습니다.

"크로톤을 보면 뭐가 떠오르니?"

아이들은 기다렸다는 듯이 조잘조잘 떠들어 댑니다.

"하늘이요.", "표범이요.", "과자요."

이번에는 아이들을 데리고 온 엄마, 아빠에게 똑같은 질문을 해 봅니다.

"크로톤을 보면 뭐가 떠오르세요?"

순간 정적이 흐릅니다.

'무슨 의도로 물어보는 걸까?'

'다른 사람들은 어떤 대답을 할까?'

어른들은 자신만의 크로톤을 느끼고 표현하기보다 남들이

크로톤을 어떻게 생각하는지가 더 궁금합니다. 혹시나 자신이 한 대답에 남들이 비웃거나 이상하게 생각하지 않을까 걱정합니다. 이런 이유로 피카소나 일본의 그림책 작가 초 신타長新太 같은 어른은 아이처럼 되는 것을 인생 궁극의 목표로 삼았습니다. 주위 시선에 신경 쓰지 않고 자신의 선입관조차 배제하는 아이들의 능력이 부러웠기 때문이었지요.

사실 아저씨지만 '아저씨'란 소리에 민감해지고, 아줌마지만 '아줌마'란 소리가 듣기 싫은 건 아마도 아저씨, 아줌마라면 누구나 느끼는 기분일 겁니다. 하지만 그렇게 불평은 하면서도 막상 다른 아저씨, 아줌마와 차별화된 자신을 끄집어내기란 쉽지 않습니다. 남과 다르기 위해서는 좀 튀어야 하는 용기도 필요하고, 자신만의 독특한 감각도 필요하니까요.

'에잇, 그냥 이렇게 살지 뭐. 괜히 귀찮기만 하잖아.'

이렇게 자포자기의 '귀차니즘'이 살금살금 다가올 때 집 안에 있는 크로톤을 한번 바라보면 어떨까요? 지금까지는 남들과 비슷한 그림을 그리며 살아왔지만, 이제부터는 나만의 개성이 실린 그림을 그릴 수 있는 용기와 감각. 바로 그 능력을 크로톤이 줄지도 모릅니다.

점이 이어져 선이 되다

네프롤레피스 — Sword fern

순간이 모여
인생

인생은 정말 빨리 지나갑니다. 브레이크라도 있으면 틈틈이 밟으며 쉬어 가기라도 할 텐데 인생이란 자동차에는 브레이크도 없습니다. 그냥 몸을 맡긴 채 지나가는 경치를 바라볼 뿐입니다.

"와, 멋있다!"

때로는 감탄하며 다시 보고 싶은 경치도 있지만, 고개를 돌려 보면 이미 저편으로 사라져 버렸습니다. 추억, 또는 과거라는 이름을 단 채로 말이죠. 그러고 보면 우리에게 '현재'란 없을지도 모릅니다. 내가 현재라고 느끼는 바로 지금 이 순간이 금세 과거로 바뀌니까요.

바로 지금 이 순간. 끊임없이 생겨나는 이 순간의 '점'들이 이어져 하나의 '선'을 만듭니다. 그리고 우리는 그 선을 '인생', 혹은 '삶'이란 단어로 표현합니다. 하지만 우리 생각에 제법 길어 보이는 선도 시공을 초월한 광대한 역사 속에서 보면 실은 하나의 점에 불과할 뿐입니다. 아마도 세상을 만든 창조주의 눈에는 바람에 흩날리는 티끌에 지나지 않을 겁니다.

<h2>공룡보다 더 오래된
옛날 옛적 식물</h2>

고사리과 식물이 지구에 등장한 것은 아주 오래전의 일입니다. 고사리로 대표되는 양치식물이 지구에 등장한 게 고생대 석탄기(약 3억 6천만 년 전~2억 9천만 년 전)이고, 공룡으로 대표되는 거대 파충류가 등장한 것은 중생대 트라이아스기(약 2억 3천만 년 전~1억 8천만 년 전)이니 고사리의 조상은 공룡보다 최소한 4천만

년은 먼저 지구에 등장한 셈입니다.

인간이 아무리 연구에 연구를 거듭해도 알 수 없는 지구의 비밀들. 화분 속 조그만 고사리는 그 비밀들을 알고 있을지도 모릅니다. 먼 옛날 할아버지의 할아버지로부터 전해져 내려오는 이야기들을 들었을지도 모르니까요.

우리가 흔히 '네프롤레피스*Nephrolepis*'라고 부르는 식물은 엄밀히 따지자면 양치식물 고사리목 넉줄고사리과 줄고사리속에 포함된 식물 전부를 뜻합니다. 꽃시장에서 볼 수 있는 네프롤레피스에는 여러 품종이 있습니다. 그중 보스톤고사리Boston fern와 테디주니어Teddy junior, 그리고 더피Duffii 정도가 가장 많이 알려져 있습니다. 모두 다 대칭으로 자리 잡은 잎의 배열이나 방사상으로 뻗은 줄기의 모습이 꽤나 매력적입니다.

네프롤레피스는 줄기가 위로 뻗지 않고 옆으로 퍼지며 자랍니다. 대개 이런 모양으로 자라는 식물을 '로제트Rosette형 식물'이라고 부르지요. 길가에서 흔히 보는 민들레가 그 대표적인 예인데, 줄기의 아랫부분에 나 있는 편평하게 생긴 잎들이 땅바닥에 바싹 붙어서 자랍니다.

무성하게 늘어진 가지에서 줄기차게 샘에서 솟아나는 물줄기가 떠오르기도 하고, 스웨그가 가득한 청년의 레게 머리가 떠오르기도 합니다. 네프롤레피스를 키우기는 그다지 어렵지 않습니다. 그리고 바닥에 놓는 화분에만 심기보다는 공중이나 벽에 걸어 놓는 화분에 심어도 꽤 예쁩니다.

티끌이 모여
이루어 내는 이야기

꽃시장에 가면 사시사철 언제나 네프롤레피스가 우리를 기다리고 있습니다. 평범하기 그지없는 자신의 삶을 되돌아보고 싶을 때나 아이에게 무언가 삶에 대한 조언을 해 주고 싶을 때 마음에 드는 네프롤레피스 화분을 하나 골라 보세요. 그리고 집에 데려와서는 부드러운 미소와 함께 말을 걸어 보는 겁니다.

"네 할아버지, 할머니한테 들은 옛날이야기 하나만 해 줄래?"

"옛날에 너희랑 같이 살았던 동물들 이야기 좀 해 줄래?"

그러고는 네프롤레피스가 말을 꺼낼 때까지 끈기를 갖고 기다립니다. 기다리다 보면 혹시 아나요? 몇 천만 년 전 원시시대의 하늘과 땅은 어떤 빛깔이었는지, 숲속에서 신나게 뛰어노는 공룡들은 무슨 이야기를 나누었는지 실타래의 실이 풀리듯 네프롤레피스의 입에서 나올지도 모릅니다. 밤새도록 이야기 보따리를 푸느라 정신이 없을지도 모릅니다.

하지만 아무리 기다려도 입을 안 열 수도 있겠지요. 기분이 나쁠 수도 있고, 갑자기 생각이 안 날 수도 있을 테니까요. 그럴 때는 꿩 대신 닭. 바로 우리 가족의 사진첩을 보는 겁니다.

옛날부터 지금 모습까지 찬찬히 아주 찬찬히. 어느새 그 속에서 하나둘씩 이야기가 나옵니다. 우리가 살아온 이야기, 우리가 살고 있는 이야기, 그리고 앞으로 살아갈 이야기까지도요. 비록 우리 인생은 티끌처럼 작은 '점'일 뿐이지만, 그래도 이 작은 '점'이 있기에 인류 역사가 이어지고 지구의 역사도 만들어지는 것입니다.

먼 옛날 우리의 수많은 할아버지와 할머니들이 어려운 상황에서도 용기와 희망을 잃지 않고 이야기를 만들어 오셨듯, 우리 어른들도 우리만의 이야기를 만들며 살아가다 보면 어느새 우리 아이들도 그 삶을 닮아 자신만의 이야기를 만들어 나가지 않을까요? 그리고 보면 우리네 인생살이도 꽤나 대단하다는 생각이 듭니다.

나를
가르치는 너

식물은 우리에게 키우는 재미만 주는 게 아닙니다. 식물과 함께 생활하며 주의 깊게 살피다 보면 크고 작은 깨달음을 얻게 됩니다. 사람이 식물에게 생물학적 성장을 돕는 역할을 한다면, 식물은 사람이 정신적 성장을 할 수 있도록 이끌어 줍니다. 그중에는 아이를 키우는 부모들이 구절구절 곱씹어야 할 가르침도 있습니다. 우리는 만물의 영장인 사람만이 누군가를 가르칠 수 있다고 생각하지만, 사실 자연으로부터 사람이 배우는 게 훨씬 더 많습니다.

일곱 번이나 변해요

란타나 — Common lantana

네가 말하는 게 정말
너의 꿈이니?

"너는 커서 뭐가 되고 싶니?"

제가 초등학생 시절, 이런 질문을 들으면 아이들의 답은 대개 비슷했습니다. 대통령, 과학자, 의사, 판사, 선생님…. 잘 기억은 나지 않지만, 아마도 저 역시 이 직업 가운데 하나를 말했을 겁니다. 도대체 '직업'이 뭔지, '미래'가 뭔지 아무 생각이 없던 시절이었으니까요. 세월이 몇 십 년 흘러 지금은 제가 초등학생 아이들에게 묻습니다.

"너는 커서 뭐가 되고 싶니?"

옛날에 비해 똑똑해진 탓인지 아이들은 하고 싶은 일도 다양해졌습니다. 의사나 법조인처럼 부와 명예가 함께 따르는 직업은 여전히 인기가 높지만, 대통령이나 장군처럼 뜬구름 잡는 직업은 현저히 인기가 떨어졌습니다. 대신 그 자리에 요리사나 운동선수, 연예인처럼 전문직이 들어서게 되었지요.

그런데 아이들과 좀 더 이야기를 나누다 보니, 재미있는 사실 하나를 발견할 수 있었습니다. 아이들이 택한 직업이 순전히 자신만의 생각은 아니란 점이었습니다. 대개 엉뚱하고 재미있는 직업을 말한 아이는 진짜 답, 즉 자신의 꿈을 말한 아이였습니다. 반대로 현실적이고 재미없는 직업을 말한 아이는 가짜 답, 즉 엄마와 아빠의 꿈을 말했을 확률이 높았지요.

엄마, 아빠의 꿈을 말한 아이의 모습 속에는 어른들의 가치관이 겹쳐 보입니다. 남들에게 인정받는 번듯한 직업, 먹고 살 걱정 없는 안정적인 직업을 택했으면 하는 엄마, 아빠의 기대 심리가 아이의 꿈을 움켜쥐고 있기 때문입니다.

란타나가
그렇게 위험해?

란타나가 우리나라에 많이 알려진 건 몇 년 전 텔레비전의 안전 관련 프로그램에 나온 다음부터가 아닐까 싶습니다. 그 프로그램은 '독성 식물의 위험성'이란 주제로 집 안에서 흔히 키우는 화초 가운데 독이 있는 식물에 대해 다루었습니다. 조심해야 할 대표적 독성 식물 다섯 가지를 소개했는데, 란타나가 거기에 포함돼 있었습니다.

란타나는 잎과 열매에 독이 있으니 주의하라는 내용이었는데, 특히 열매를 먹게 되면 구토와 설사를 일으키고 심하면 죽을 수도 있다고 소개했습니다. 저는 그 프로그램을 보면서 '아이가 있는 집에서는 조심해야겠구나'라는 생각과 함께 란타나에게 미안한 마음도 들었습니다. 란타나를 원예식물로 만든 것도 사람이요, 집 안에 들여놓은 것도 사람인데, 란타나 입장에서는 억울할 것 같았기 때문입니다. 란타나의 마음 따위는 헤아리지도 않고, 멋대로 위험한 식물로 만든 사람들을 대신해 용서를 구하고 싶었습니다.

물론 란타나에게 독이 있는 것은 사실입니다. 하지만 그 독은 단지 자신을 지키기 위해 쓸 뿐 남을 해하는 데 마구 쓰지는 않습니다. 독이 있다고 알려진 열매의 경우에도 실은 열매를 씹어 먹는 포유류에게만 독이 될 뿐 열매를 꿀꺽 삼켜 다른 곳에 씨를 퍼뜨려 주는 새들에게는 전혀 독이 되지 않습니다. 이처럼 란타나는 오직 자신의 생존을 위해서만 독을 쓸 뿐이지요.

란타나의
색깔 마술

사실 란타나의 특징에 대해서 얘기를 하자면 유독성보다 훨씬 더 중요한 것이 있습니다. 란타나를 란타나답게 만드는 가장 큰 특징, 바로 색깔 마술입니다. 란타나가 부리는 색깔 마술은 대략 두 가지입니다.

첫 번째 마술은 한 꽃에서 여러 색깔 보여 주기. 다른 꽃들이 빨강이다 노랑이다 선명한 색깔을 자랑할 때 란타나는 딱 꼬집어 말하기 힘든 자신만의 독특한 색깔을 선보입니다. 분명한 꽃이건만 이쪽에서 보면 빨강이고, 저쪽에서 보면 주황, 위에서 보면 노랑입니다. 빨강이 주황이고, 주황이 노랑이고, 노랑이 빨강이니 색깔의 경계가 없어지고 모든 색이 하나로 됩니다.

두 번째 마술은 색깔 바꾸기. 그야말로 메인 이벤트입니다. 란타나 꽃은 처음에는 노란색이나 오렌지색을 띱니다. 그러다가 시간이 지나면 서서히 색깔을 바꾸어 가지요. 알게 모르게 살금살금 붉은색이 짙어지고, 결국 빨간색 꽃으로 예쁘게 변신합니다. 이렇게 바뀌는 꽃의 색깔 때문에 일본에서는 란타나를 '칠변화七變化'라고 부르기도 합니다. 꽃의 색깔이 일곱 번 변한다 해서 붙여진 이름인데, 들을 때마다 란타나의 색깔이 눈에 선히 보이는 것 같아 참 잘 지은 이름이란 생각이 듭니다.

아이들의
꿈꿀 권리

란타나가 꽃 색깔을 자주 바꾸듯이 우리 아이들도 끊임없이 꿈의 색깔을 바꿉니다. 저희 집 큰아이도 꿈이 여러 번 바뀌었습니다. 과학자인 적도 있었고, 연주자인 적도 있었습니다. 경기도 이천에서 도자기 만들기 체험을 해 본 후로 도예가가 꿈인 적도 있었고, 요즘은 만화가 좋다고 애니메이터가 꿈입니다.

하지만 1년 후에 다시 물어본다면 그때는 어떤 꿈을 말할까요? 지금처럼 여전히 애니메이터를 꿈꿀 수도 있겠고, 지금은 전혀 예상하지 못하는 그 무엇을 꿈꿀 수도 있을 겁니다. 아이의 내면 깊숙이 자리 잡고 있는 '란타나의 꿈'.

그 꿈이 어떻게 바뀌든 어른은 그저 지켜볼 뿐 바꾸거나 비틀어서는 안 됩니다. 매일 다른 꿈을 꾸고 그 속에서 살 수 있는 것이야말로 재미없는 어른들은 흉내도 못 낼 아이들만의 특권이기 때문입니다.

잘라 내야 더 잘 산다

아이비 — English ivy

공룡 그림책은
언제나 인기 만점

　아이들과 함께 그림책을 보고 식물을 심는 게 일이다 보니, 알맞은 그림책과 식물을 고르는 건 저에게 가장 중요한 일입니다. 그림책은 만나게 될 아이들의 인원과 성별, 나이를 고려해서 정하는데, 무엇보다 제일 먼저 생각하는 부분은 '재미'입니다. 우선 재미가 있어야 아이들의 관심을 끌 수 있으니까요.

　그렇다면 과연 어떤 그림책이 재미있을까요? 물론 아이들은 다 다르니 정답은 없습니다. 다만 많은 아이에게 읽어 주다 보니 경험으로 조금은 알 수 있는데, '공룡'이 나오는 그림책은 대개 인기가 많습니다. 특히 티라노사우루스처럼 인기 스타가 나오면 딴짓하던 아이들도 금세 집중하지요. 저도 티라노사우루스가 나오는 그림책을 잘 읽어 줍니다.

애니메이션으로 만들어진 시리즈 그림책도 있는데, 그 그림책들은 어느 권을 읽어 주어도 아이들이 좋아합니다. 그 시리즈 가운데 제가 아이들에게 가장 많이 읽어 주는 이야기는 티라노사우루스와 함께 익룡 '프테라노돈'이 나오는 권입니다.

아빠, 엄마, 새끼 프테라노돈, 이렇게 세 식구가 행복하게 살았는데 새끼가 무럭무럭 자라 아빠만큼 커졌습니다. 어느 날 밤 엄마, 아빠는 새끼가 잠든 사이에 멀리 떠나 버립니다. 새끼가 컸으니 이제 독립해야 한다는 이유였지요. 엄마는 차마 못 떠나고 눈물을 흘리며 새끼를 걱정하지만, 아빠는 이렇게 말합니다.

"스스로 잘 해낼 거예요."

결국 아빠의 바람대로 새끼는 스스로 잘 해냅니다. 사나운 티라노사우루스를 만나지만 엄마, 아빠에게 배운 사랑과 지혜로 잘 헤쳐 나갑니다.

함께 있고 싶은 만큼
있어도 돼

이 그림책을 보며 아이들은 엄마, 아빠가 새끼를 떠나는 장면에서 곧잘 묻습니다.

"엄마, 아빠 없다고 새끼가 울면 어떡해요?"

"엄마, 아빠가 왜 떠나요? 새끼가 무서울 텐데."

"왜 말도 안 하고 새끼가 잘 때 가요?"

"새끼는 혼자서 먹이를 어떻게 먹어요?"

아이들은 새끼 프테라노돈에 자신을 대입시키는 것 같습니다. 갑자기 프테라노돈처럼 엄마, 아빠가 자신의 곁을 떠나면 어쩌나 걱정도 되겠지요. 이럴 땐 우선 안심부터 시켜 주어야 합니다.

"동물들은 새끼가 빨리 크니까 엄마, 아빠와 일찍 헤어지지만 사람은 달라. 너희가 있고 싶은 만큼 엄마, 아빠와 함께 있을 수 있어. 엄마, 아빠가 프테라노돈처럼 몰래 가 버리지도 않을 거야."

제 말을 듣고서야 아이들은 안심하는 눈치입니다. 자신들은 엄마, 아빠와 오래오래 살 거라고 합니다. 제가 "선생님은 엄마, 아빠가 다 하늘나라에 가셨어"라고 말하면 저를 불쌍한 눈빛으로 쳐다보고, 심지어 저를 쓰다듬어 주는 친구도 있습니다. 여섯 살 아이가 쓰다듬어 주는데도 정말 위로의 느낌이 전해집니다.

꺾꽂이가 잘 되는
식물

아이비는 제가 만나는 아이들과 빠뜨리지 않고 심는 식물입니다. 잎이 예쁘게 생겨서 아이들이 좋아하기도 하고, 생명력이 강한 편이라 저도 좋아합니다. 한때 텔레비전 프로그램에서 아이비 잎에 독이 있으니 조심하라고 하는 바람에, 그런 식물을 심으면 어떡하느냐고 어머니들로부터 항의를 받은 적도 있지만, 자세히 설명을 하고 안심을 시켜 드립니다.

아이비의 잎에 독성이 있는 건 사실이지만, 그건 다른 동물로부터 자신을 보호하기 위한 방법일 뿐이고, 오히려 그 독성분을 이용해 사람의 병을 고치는 약을 만들기도 한다고요. 그리고 입에 넣으면 안 좋은 것이지 만지는 것만으로는 큰일이

나지 않는다고 명확히 말씀드립니다.

이런 오해만 없다면 아이비는 집 안에서 키우기에 정말 좋은 식물입니다. 덩굴식물인 아이비는 줄기를 길게 뻗는데 자세히 살펴보면 줄기 마디마다 새로 뿌리를 냅니다. '공기뿌리'라고도 부르는 이 뿌리는 줄기가 벽 같은 곳에 달라붙을 수 있도록 해 줍니다. 그런데 이렇게 길게 늘어진 줄기를 이상하게도 아이들은 대부분 싫어합니다.

어른들은 좀 더 긴 줄기를 가진 아이비를 갖고 싶어 하는데 비해 아이들은 심지어 저보고 긴 줄기를 잘라 달라고 합니다. 그러면 저는 과감하게 가위로 줄기를 싹둑 잘라 주며 말합니다.

"잘린 아이비 줄기는 죽는 게 아니라 지금 엄마, 아빠에게서 떠나는 거야. 이 줄기에서 새로 뿌리가 생겨나고 여기에 있는 잎들이 또 새로운 엄마, 아빠가 될 거야."

아이비는 꺾꽂이가 잘 되는 식물입니다. 잎이 몇 개 달려 있는 줄기를 흙에 꽂아도 좋고, 물병에 넣어 놓아도 좋습니다. 심지어 줄기가 아니라 잎에 붙어 있는 잎자루만으로도 새로 뿌리를 낼 수 있습니다. 꽃을 피우고 열매를 만들어서 번식을 하는 일반적인 식물의 번식 방법과 달리 아이비를 비롯한 여러 식물들은 자신의 몸을 잘라서 새로 새끼를 만들어 내곤 합니다.

이런 이야기를 들은 아이들은 잘린 아이비의 줄기며 잎을 하나도 허투루 버리지 않습니다. 모두 집에 가져가서 새로 뿌리를 내리겠다고 합니다.

조그만 아이비 잎 끝에 달린 잎자루에서 새로 뿌리가 난 걸 보면 그저 신기하기만 합니다. 대견한 마음이 들기도 하고요. 저 조그만 잎사귀 속에 '생명'이라는 대단한 힘이 들어 있어서 스스로 뿌리를 내고 살아간다는 게 인간의 머리로는 풀 수 없는 수수께끼 같기도 합니다.

뿌리를 낼
그 힘을 믿자

그림책에 나온 새끼 프테라노돈은 엄마, 아빠와 헤어졌지만 씩씩하게 자신의 앞길을 개척합니다. 어엿한 한 마리 공룡 몫을 하는 것이지요. 까마득한 옛날에 살았던 공룡까지 가지 않더라도 이렇게 약간은 냉정해 보이는 부모 자식 관계는 동물의 세계에 늘 존재합니다. 제비, 까치, 참새 같은 새들은 새끼가 알에서 깨어나고부터 약 한 달쯤 지나면 모두 둥지에서 떠나도록 합니다. 심지어 원앙은 새끼 스스로 먹이를 구할 수 있을 때가 되면 어미가 나무 위 둥지에서 아래로 밀어 떨어뜨리기도 합니다. 스스로 살아갈 수 있다고 부모가 판단하기도 했거니와 좁은 둥지에 사는 덩치 큰 새끼들은 적의 위험에 노출되기 쉽기 때문입니다.

꽤 오래전부터 쓰이다가 아예 신조어로 자리 잡은 '헬리콥터맘'이란 단어가 있습니다. '자녀의 일에 지나치게 간섭하며 자녀를 과잉 보호하는 엄마'를 뜻합니다. 부모 입장에서 자식은 늘 부족하고 불안해 보이는 존재입니다. 그래서 멀리 보내지 못하고 늘 곁에 머물면서 간섭합니다. 하지만 부모가 자식을 어떻게 해야 하는지는 같은 동물의 입장에서 제비와 까치와 참새, 원앙이, 그리고 더 멀리 가자면 프테라노돈이 우리에게 가르쳐 줍니다.

부모 눈에는 한없이 연약해 보이지만, 우리 아이들에게는 아이비의 잎자루처럼 뿌리를 낼 힘이 넉넉히 있습니다. 과감하게 잘라야 새로운 뿌리가 돋아날 수 있다고, 지금도 아이비는 제 곁에서 속삭입니다.

기다려야 만날 수 있다

꽃고추 — Capsicum pepper

하얀색은
왠지 허전해

맵고 얼큰한 음식은 대개 어른들이 좋아합니다. 아이들은 먹을 엄두를 못 내는 경우가 많지요. 저희 집만 해도 아이들이 어릴 적 어쩌다 매운 김치나 찌개를 먹으면 난리가 났습니다. 얼굴이 빨개지고 물을 달라고 아우성이었지요. 물을 마시고 나서도 한참 동안은 입안에 남아 있는 매운 기운 때문에 괴로워했습니다. 하지만 조금 크니, 매운 음식을 먹고 나서도 잘 참아냈습니다.

"나 매운 김치 먹었다."

어깨를 으쓱거리며 자랑했지요.

"우리 재승이 이제 다 컸네. 매운 김치도 먹을 줄 알고."

엄마, 아빠의 이런 칭찬에 매운 맛을 정복한 스스로를 대견해했습니다. 나도 이제 엄마, 아빠처럼 '어른'이 되었다는 생각에 가슴 뿌듯해했습니다. 그런데 이처럼 한국인이라면 누구나 좋아하는 매운 맛, 바로 그 중심에는 고추가 있습니다. 보기만 해도 매운 기운이 확 느껴지는 빨간 고추는 우리 민족의 상징이라 해도 과언이 아니지요.

고추가 있기에 우리는 비로소 음식의 매운맛과 빨간색을 즐길 수 있습니다. 만약 뜨거운 흰 쌀밥 위에 올려 놓고 먹는 김치가 빨간색이 아니라면 어떨까요? 분식집에서 친구들과 함께 먹는 떡볶이가 맵지 않다면 어떨까요? 물론 맵지 않고 빨갛지 않아도 맛있는 김치와 떡볶이는 얼마든지 만들 수 있습니다. 백김치나 궁중떡볶이처럼 말이죠.

하지만 그것만으로는 왠지 허전합니다. 무언가 빠진 것 같아 아쉬움이 남습니다. 이 모든 게 언제부터인가 우리 몸에 각인된 고추의 맛과 색 때문입니다.

예쁜 고추가
더 맵다

아이들에게 꽃고추를 보여 주면 질문이 끊이지 않습니다.

"선생님, 이거 진짜로 먹을 수 있어요?"

"선생님, 이거 진짜 고추처럼 매워요?"

"선생님이 한번 먹어 보세요."

다른 식물에 비해 인기가 대단합니다. 꽃고추는 이름 앞에 붙은 '꽃'으로도 알 수 있듯이 열매를 먹기보다는 꽃을 즐기기 위해 만들어졌습니다. 열매의 끝 부분이 하늘을 향하고 있어서 '하늘고추'라고도 부르지요.

보고 즐기는 대상으로 태어난 운명이라 사람들이 먹지는 않지만, 맛은 보통 고추에 비해 매운 편입니다. 원예용이기는 하지만, 실제로 고추장을 만들어 먹는 사람도 있습니다. 열매의 모양과 색깔은 종류에 따라서 조금씩 다른데, 햇빛을 많이 받을수록 열매가 더 단단해지고 색깔도 선명해집니다.

꽃고추의 속명은 '*Capsicum*'입니다. '주머니'를 뜻하는 라틴어 'Capsa'에서 생겨난 말인데, 고추 열매가 주머니처럼 생겨서 이런 명칭이 붙었습니다. 영어 '캡슐Capsule'도 'Capsa'에서 왔는데, 왜 그런지는 캡슐 약을 떠올려 보면 금세 알 수 있을 겁니다. 요즘 매운 맛을 내는 화학물질로 많이 알려진 '캡사이신Capsaicin' 또한 꽃고추의 속명인 *Capsicum*과 이름이 비슷합니다. 캡사이신이 고추에서 추출된 물질이기 때문이지요.

정신없이 꽃고추를 심고 있는 아이들에게 질문을 던집니다.

"너희들은 고추가 맨 처음 어느 나라에서 태어났는지 알고 있니?"

아이들은 꽃고추를 심는 데 정신이 팔려 건성으로 대답합니다.

"우리나라 아니에요? 옛날부터 우리나라에 있었잖아요?"

"김치가 우리나라 거니까 고추도 우리나라 거 아니에요?"

사실 저도 예전에는 고추의 고향이 당연히 우리나라라고 생각했습니다. 고추란 식물이 우리 한국인과 너무나 친하고 익숙하기 때문이죠. 하지만 실제로 고추의 고향은 우리나라와 한참 멀리 떨어져 있는 남아메리카 대륙입니다. 우리나라에 들어온 시기는 정확하지 않은데, 임진왜란 때 일본에서 들어왔다는 설도 있고, 같은 시기에 중국에서 들어왔다는 설도 있습니다.

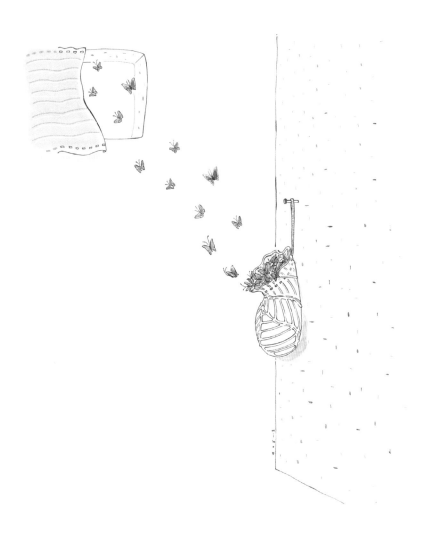

언젠가는 만나게 될
그 '무엇'

화분에 심은 꽃고추를 볼 때마다 저는 참 신기합니다. 우리 고유의 것도 아니고, 들어온 역사도 불과 몇 백 년밖에 안 된 고추가 지금은 어떻게 우리 민족의 상징이 되었을까요? 어떻게 우리 민족이 이 고추의 색과 맛에 빠지게 되었는지 궁금하기만 합니다. 그리고 한편으로는 희망을 얻습니다.

지금은 우리 민족의 상징인 고추가 불과 몇 백 년 전만 해도 지구 반대편에 있었듯이, 우리 아이의 상징이 될 그 '무엇'도 지금 먼 어딘가에서 아이를 찾고 있지 않을까요? 우리 아이가 뭘 좋아하고 뭘 잘하는지 아직은 잘 모르지만, 산 넘고 물 건너 우리 민족을 찾아온 고추처럼 우리 아이만의 그 '무엇'도 언젠가는 아이를 찾아오리라 믿습니다.

남보다 좀 늦으면 어떻습니까? 1년 후면 어떻고 10년 후면 어떻습니까? 만나는 그날 매운 고추처럼 뜨겁게 타오르면 되지요. 아이가 자신만의 그 '무엇'을 만나 환하게 웃을 날을 생각하면 왠지 모를 기대감으로 가슴이 두근거립니다.

모으는 데 집착하지 말자

칼란코에 — Kalanchoe

당신은 무엇을
모으고 있나요?

　꿀벌은 벌집에 부지런히 꿀을 모아 놓고, 다람쥐는 땅속 집에 차곡차곡 도토리를 모아 놓습니다. 제비는 처마 밑에 둥지를 짓기 위해 풀과 진흙을 모으고, 비버는 강가에 집을 짓기 위해 나뭇가지를 모읍니다. 이처럼 생존을 위한 동물들의 모으기 행동, 우리는 이것을 '본능'이라고 말합니다. 누구에게 배웠다기보다는 동물들 스스로 익힌 행동이지요.

물론 무언가를 모으려는 본능은 우리 인간에게도 있습니다. 모으는 걸 목적으로 삼을 때 이를 흔히 '수집'이라고 부르지요. 모은다는 의식 없이 알게 모르게 모으는 경우도 있습니다. 저 또한 어릴 적에는 구슬이나 딱지, 납작하게 편 병뚜껑처럼 자질구레한 물건을 많이 모았습니다.

나이가 들어 어른이 되어서는 음악 CD와 책을 주로 모았지요. 이 글을 읽고 있는 여러분들도 한번 생각해 보세요. 나는 지금 무엇을 모으고 있을까? 지금껏 내가 가장 많이 모아 놓은 것은 무엇일까?

물을 모으는
식물

칼란코에는 125종이 넘는 품종이 있지만, 그중 가장 많이 알려진 종류는 칼란코에 블로스펠디아나*Kalanchoe blossfeldiana*와 칼란디바*Kalanchoe blossfeldiana* `Calandiva`입니다. 칼란코에 블로스펠디아나는 우리가 꽃시장에서 흔히 보는 그 칼란코에이고, 칼란디바는 기존 칼란코에를 겹꽃으로 만든 것입니다. 그래서 '겹칼란코에'라고도 부르지요.

칼란코에는 마다가스카르가 고향입니다. 마다가스카르가 어디야? 고개를 갸우뚱거릴 분도 계실 텐데요. 그렇다면 세계 지도를 펼쳐 놓고 아프리카 쪽으로 눈을 돌려 보세요. 아프리카 대륙에서 남동쪽으로 386킬로미터 떨어진 곳, 바로 그곳에 떠 있는 섬나라가 마다가스카르입니다.

마다가스카르에서 칼란코에는 주로 척박한 지역에 살고 있습니다. 비가 자주 오지 않고, 오더라도 금세 말라 버려 늘 물이 부족한 곳이지요. 그래서 칼란코에는 비상시를 대비해 늘 잎에 물을 저장해 둡니다. 혹시 지금 칼란코에가 옆에 있다면 양 손가락을 칼란코에의 잎 양쪽에 대고 살짝 눌러 보세요. 손가락이 촉촉해질 만큼 물기가 묻어날 겁니다. 두툼한 잎 속에 물이 들어 있기 때문이지요.

이런 이유로 칼란코에는 건조한 환경에 잘 버티는 편입니다. 오히려 습한 환경에서는 잎이 무르고 썩어서 죽는 경우가 많습니다. 이런 생태만 잘 안다면 칼란코에를 키우는 일은 그다지 어렵지 않습니다. 화분의 겉흙이 바싹 말라 잎에 목마른 표정이 나타날 때 바로 그 순간 물을 주면 됩니다. 그다음부터는 칼란코에가 알아서 잘 자라니 걱정할 게 전혀 없습니다.

이렇게 칼란코에처럼 몸에 물을 저장해 두는 식물을 우리는 흔히 '다육식물'이라고 부릅니다. 칼란코에는 잎에 저장하지만, 줄기나 몸 전체에 물을 저장하는 식물도 있습니다. '다육多肉'이라는 한자를 풀어 보면 많을 '다多'와 고기 '육肉', 즉 고기가 많다는 뜻인데요. 이는 두툼한 잎이나 통통한 줄기의 모습 때문에 붙여진 이름입니다.

다육식물에는 칼란코에처럼 돌나물과 식물만 있는 것은 아니고, 백합과와 국화과를 비롯해 50여 과의 식물이 포함되어 있습니다. 전 세계의 사막과 고원 지대 근처에서 자라고 있는데, 칼란코에의 고향인 마다가스카르는 특히나 많은 종류의 다육식물이 살고 있습니다.

남들 따라
모으지는 말자

칼란코에가 생존을 위해 물을 모으는 것처럼 우리 아이들도 언젠가는 무언가를 모으기 시작할 겁니다. 지식을 모으는 아이, 돈을 모으는 아이, 친구를 모으는 아이, 명예를 모으는 아이…. 각자의 신념과 가치관에 따라 열심히 모으겠지요.

이 중에는 분명 모으는 일에 너무 집착한 나머지 인생의 또 다른 중요한 것을 놓치는 아이도 나올 테고, 왜 무엇을 모아야 하는지도 모른 채 남들 흉내만 내며 인생을 보내는 아이도 나올 겁니다. 이처럼 언젠가 우리 아이가 모으는 일로 고민하고 힘들어 할 때 옆에서 그 모습을 지켜보는 엄마, 아빠는 무엇을 해 줄 수 있을까요?

멋진 조언이나 경험담을 들려주는 것도 좋은 방법이겠지만, 인생의 화두로 삼도록 칼란코에 화분을 하나 선물해도 근사할 것 같습니다. 너무 많은 물을 주면 무르고 썩어 버리는 칼란코에를 보면서 아이 스스로 자신의 욕심을 조절할 수 있다면 얼마나 좋을까요?

모으고 지키는 것에만 정신이 팔려 정작 중요한 것은 놓쳐 버린 어른들. 우리 아이들만큼은 그렇게 되지 않기를 바랄 뿐입니다.

내가 물 주는 방법이 맞을까?

트리안 — Wire plant

한 아이
이야기

지금부터 저는 한 일본 남자의 어린 시절을 소개하려고 합니다. 이 남자는 1965년에 태어났으니까 지금은 50대, 중년의 아저씨입니다. 이 글을 읽는 아빠들 가운데 1970년대에 초등학교에 다녔던 분이라면 얼추 비슷한 추억을 갖고 계시리라 생각합니다. 이 남자의 어린 시절에는 어떤 이야기가 있는지 한 번 들어 보세요.

"저는 도시에서 태어나 줄곧 도시에서 살았습니다. 어린 시절에는 살던 곳 근처에 숲과 개울이 있어서 하루 종일 곤충이나 물고기를 잡으며 놀 수 있었지요. 그 무렵 저는 특히 곤충을 좋아했습니다. 다른 아이들에게 '곤충 박사'라 불릴 정도로 아는 것도 많았지요.

때때로 곤충에 대해 모르는 게 있으면 곤충 도감을 보곤 했는데, 도감에 적힌 대로 반드시 따라 하지는 않았습니다. 예를 들어 도감에는 사슴벌레가 야행성이므로 밤에 잘 잡힌다고 적혀 있었지만, 저는 밤보다는 사슴벌레가 잠이 든 아침에 잡았습니다.

또한 도감에는 사슴벌레의 먹이로 수박을 주라고 적혀 있었지만, 저는 수박보다는 오랫동안 썩지 않는 사과를 주었지요. 이 모든 게 제가 직접 해 본 다음 깨달은 산지식들이었습니다. 하지만 중학생이 될 즈음 동네의 숲과 개울이 없어지며, 곤충에 대한 저의 관심도 사그라졌습니다.

대신 게임에 관심을 갖게 되었지요. 마침 그 당시는 전국적으로 텔레비전 게임이 붐을 일으키고 있을 때였습니다. 저는 '인베이더'라는 게임을 매우 좋아했는데, 제 중학생 시절의 대부분은 오락실의 인베이더와 함께 지나갔습니다."

너 참
잘 자란다!

요즘은 시골에 살더라도 곤충이나 물고기를 잡으며 하루를 보내는 아이가 많지 않습니다. 두메산골이나 낙도에 살지 않는 한 생활 방식이 모두 도시화된 탓이지요. 하지만 저는 매일 집에서 그런 아이를 보고 있습니다.

하루 종일 곤충과 물고기를 잡는 그 아이의 이름은 트리안. 볕이 잘 드는 베란다 한쪽에서 살고 있습니다. 트리안은 늘 친구들과 함께 곤충도 잡고 물고기도 잡으며 뛰어놉니다. 제가 인기척을 내며 다가가도 전혀 알아채지 못하지요. 물론 제 상상 속에서 그렇다는 얘기입니다.

트리안은 가는 줄기와 작은 잎 때문에 언뜻 약해 보이지만, 햇빛만 잘 쬐고 물만 제때 먹으면 왕성한 번식력으로 집 안을 아름답게 꾸며 줍니다. 옆으로 퍼지며 자라는 특성 때문에 벽이나 공중에 거는 화분에 심어도 좋고, 다른 식물과 한 화분에 함께 심어도 아주 잘 어울립니다.

때를 놓치면
이렇게 되지

그런데 이렇게 밝고 씩씩할 것만 같은 트리안이 가끔씩 사람들을 속상하게 만듭니다.

"며칠 물 주는 걸 잊어버렸더니 그 사이에 죽어 버렸어요."

이런 하소연을 종종 듣습니다. 분명 번식력이 왕성하고 잘 자란다고 했는데 왜 그리 쉽게 죽는 걸까요? 그 이유는 트리안을 직접 키워 보면 쉽게 알 수 있습니다. 트리안은 줄기가 가늘고 잎도 작기 때문에 한 번에 머금을 수 있는 물의 양이 적습니다. 따라서 물 주는 때를 며칠만 놓쳐도 금세 몸속의 물이 바닥나 버리지요.

약간 말라 버린 정도라면 살아날 가능성이 있지만, 완전히 바싹 말라 버린 잎은 뒤늦게 물을 주어도 되살아나지 않습니다. 살짝 손으로 만지면 매정하게도 바스라져 버립니다. 몇 달 동안 신경 쓰며 잘 키워 주었는데 단 한 번 방심에 시들어 버리다니… 속상하기도 하고 야속하기도 합니다.

'뭐 그리 참을성이 없어? 하루만 더 참지.'

물은 아이가 원할 때
흠뻑 주자

타지리 사토시田尻智. 어린 시절 곤충 채집을 좋아하고, 더 커서는 열심히 게임을 하던 사토시는 어른이 되어 게임 만드는 일을 했습니다. 그리고 몇 번의 시행착오를 거치며 결국 많은 사람이 좋아하는 게임을 만들었습니다. 그 게임의 이름은 바로 '포켓몬스터'.

이미 널리 알려진 이야기지만, 사토시가 포켓몬스터를 개발하는 데는 어릴 적 경험이 큰 역할을 했습니다. 자연 속에서 뛰어놀고 게임에 빠졌던 어린 시절 자신의 이야기가 고스란히 녹아들어 간 것이지요. 이런 배경을 알고 나면 애니메이션 〈포켓몬스터〉의 남자 주인공 이름이 '사토시'인 것도 자연스레 이해가 됩니다. 우리나라에서는 '지우'이지만.

문득 지금 아이들 가운데 미래의 '타지리 사토시'가 몇 명이나 나올 수 있을까 걱정이 됩니다. 겉으로는 멀쩡하고 부족한 것 없어 보이는 요즘 아이들. 그런데 몇 마디만 이야기를 나누어 보면 물이 부족하다는 걸 금세 알 수 있습니다. 엄마, 아빠는 늘 열심히 물을 주고 있다고 생각하지만, 정작 아이는 필요

할 때 물을 못 받고 있다는 증거입니다.

아이는 시시각각으로 변하는 환경에 민감하게 반응하므로, 3일에 한 번씩 물을 주기로 정했어도 때로는 매일 주어야 할 때도 생기고, 물만 주기로 정했어도 때로는 비료를 주어야 할 때도 생기기 마련입니다.

처음엔 힘들고 귀찮을 수도 있겠지만 하루도 빠짐없이 아이의 입장이 되어 보는 것. 이것이야말로 아이를 살릴 수 있는 가장 좋은 방법입니다. 언젠가 타지리 사토시가 일본의 한 어린이 신문에 이런 글을 기고했습니다.

"아이가 너무 놀기만 한다고 걱정하는 부모님이 많습니다. 하지만 제가 열심히 놀았던 경험은 결국 게임 소프트웨어를 만드는 지금 일의 출발점이 되었습니다. 그런 경험이 바탕이 되어 제가 친구들과 6년 동안 만든 포켓몬스터 게임은 지금 전 세계로 수출되고 있습니다. 어린이 여러분도 자신이 좋아하는 일을 소중히 여기세요. 그리고 큰 꿈을 품어 보세요."

아이가 더 시들기 전에, 혹은 아주 말라 버려 원래의 모습으로 못 돌아오기 전에 여러분도 살펴보세요. 우리 아이는 과연 지금 무엇을 원하고 있나요?

변신 에너지를 충전하자

싱고늄 — Arrowhead vine

아이들이 곤충을
좋아하는 이유

아이들은 대개 곤충을 좋아합니다. 특히 장수풍뎅이나 사슴벌레처럼 모양이 특이한 곤충은 애벌레든 어른벌레든 그 인기가 대단합니다. 애벌레의 경우 엄마들은 보는 것만으로도 징그러워 어쩔 줄 모르지만, 아이들은 아무렇지도 않은 듯 만지며 즐거워합니다. 애벌레를 만지고 있는 아이의 눈빛 속에는 호기심 뿐만 아니라 사랑의 감정까지 느껴질 정도입니다.

그렇다면 아이들은 왜 곤충을 좋아할까요? 그 이유야 아이들에게 물어보면 금세 알 수 있습니다.

"멋있잖아요."

"신기하잖아요."

하지만 곤충의 매력이 단지 생김새뿐이라면 자랑거리로 내세우기는 어려울 것 같습니다. 생김새만으로는 곤충보다 훨씬 멋진 동물들이 많이 있으니까요.

다른 생물에게서는 절대로 볼 수 없는 곤충만의 매력. 그것은 바로 '탈바꿈'입니다. 볼품없던 애벌레가 허물을 벗으며, 때로는 번데기를 거치며 아름다운 어른벌레로 변하는 과정. 전혀 상상치 못했던 그 변신의 뒤에 숨어 있는 에너지야말로 곤충만이 가지는 진짜 매력 가운데 매력입니다.

생사를 건
일대 변신

작년 여름 저희 집에서는 장수풍뎅이를 키웠습니다. 큰아이가 친구 집에서 애벌레를 두 마리 가져왔기에 사육통을 꾸미고 열심히 도와줬지요. 아이들은 하루에도 몇 번씩 사육통에 와서는 장수풍뎅이를 살폈습니다. 아주 작은 변화라도 놓치지 않으려는 듯 이리 보고 저리 보고 아주 열심이었습니다.

그런데 저는 아이들의 이런 행동을 보며 사육통 옆에 있는 또 다른 생명에게 자꾸만 눈길이 갔습니다. 그 생명은 바로 오래 전부터 저희 가족과 함께 살아온 싱고늄이었습니다. 아니나 다를까 어느 날 싱고늄이 저에게 말을 걸었습니다.

"아저씨, 아무래도 아이들의 관심을 끌려면 제가 변하는 수밖에 없겠어요."

"글쎄, 네가 어떻게 변할 수 있을까? 그렇게 해서 아이들이 너를 좋아하게 된다면 좋겠지만 말야."

그러자 싱고늄은 제 귀에 대고 소곤소곤 무언가를 이야기 했습니다. 저는 이렇게 대답했지요.

"너 정말 괜찮겠니? 잘못하면 네가 다칠 수도 있어. 그러지 말고 우리 다른 방법을 찾아보자."

하지만 싱고늄은 뜻을 굽히지 않았습니다. 그래서 결국 싱고늄의 뜻대로 해 주기로 했지요. 저는 우선 화분에서 싱고늄을 조심스레 꺼냈습니다. 싱고늄은 오랫동안 한 화분에서 살았던지라 뿌리에 흙 덩어리가 단단히 붙어 있었습니다.

저는 미리 받아 놓은 물속에 뿌리를 넣고, 뿌리가 다치지 않도록 조심스레 흙을 털어 냈습니다. 흙을 다 털어 낸 다음에는 펼쳐 놓은 신문지 위에 싱고늄을 눕히고 잠깐 쉬도록 했지요.

"어때, 괜찮니? 조심하느라고 하긴 했는데…."

싱고늄은 대답 대신 싱긋이 웃어 주었습니다. 이제 저는 키가 작고 납작한 유리 그릇을 가져왔습니다. 그리고 이곳에 미리 준비해 둔 수경 재배용 용토를 3분의 1 정도 높이까지 넣었지요. 저는 심호흡을 한 뒤 싱고늄을 용토 위에 똑바로 세우고 뿌리가 덮일 때까지 계속해서 용토를 넣었습니다. 곧 유리 그릇의 5분의 4 정도 높이까지 용토가 차자 싱고늄의 뿌리가 안 보이게 되었습니다. 드디어 스스로 설 수 있게 된 것이지요.

유리 그릇에 옮겨 심고 나니 싱고늄은 이전과는 전혀 다른 모습이었습니다. 화분에서 살 때보다 훨씬 깨끗해졌을 뿐만 아니라 표정 또한 밝아 보였습니다.

"아저씨, 다 끝난 거죠? 이제 저를 아이들 방에 놓아 주세요. 아이들이 저를 보고 깜짝 놀랄 것 같아요."

아이들은 달라진 싱고늄을 보고 어떤 반응을 보일까요? 달라진 모습에 깜짝 놀랄 수도 있고, 이전처럼 여전히 시큰둥할 수도 있을 겁니다. 하지만 결과야 어쨌든 싱고늄의 입장에서 큰 결단을 내린 것만큼은 틀림없는 사실입니다. 사는 환경을 바꾼

다는 게 식물에게는 엄청난 스트레스니까요. 특히 뿌리의 흙을 털어 낼 때 상처가 나거나 부러지면 죽을 수도 있으니 싱고늄 입장에서는 정말 생사를 건 큰 변신을 한 셈입니다.

단순한 생존이냐
삶다운 삶이냐

저는 익숙한 삶의 터전을 버리고 변신을 택한 싱고늄이 참 대단하다고 생각합니다. 허물을 벗으며 어른으로 변신하는 장수풍뎅이만큼이나 멋져 보입니다. 문득 거울 속의 저를 보며 '너도 지금 나이에 저렇게 변신할 수 있겠니?' 스스로에게 묻습니다.

아이 시절에는 하루하루의 삶이 다르고 변화의 연속이지만, 어른이 되어서까지 그 패턴이 이어지기는 어렵습니다. 대개 어른이 되면 변화보다는 현상 유지를, 모험보다는 안정을 택하기 마련이니까요. 하지만 변하지 않으면 생존은 할지언정 '삶다운 삶'을 살 수는 없습니다.

변신의 밑바탕에 있는 에너지. 만약 어른이 되어서도 그 에너지를 계속 가질 수 있다면 얼마나 좋을까요? 지금보다는 이 세상이 좀 더 아름답고 자유로워지지 않을까요? 생활에 지치고 피곤한 엄마, 아빠들이 싱고늄을 보며 변신의 에너지를 충전했으면 좋겠습니다. 그래서 텅텅 비어 있던 변신 에너지의 창고가 차고 넘쳤으면 좋겠습니다.

잔소리는 싫어!

산세비에리아 — Snake plant

두 손 두 발
다 들었어

　　남자와 여자의 차이를 명확하고도 재미있게 보여 준 책『화성에서 온 남자 금성에서 온 여자』에서는 남자와 여자의 복잡미묘한 차이를 각각 다른 별에서 태어났기 때문이라고 설명합니다. 다른 별에서 태어났기 때문에 생각과 행동의 출발점이 다르다는 거지요.

　　그런데 이 지구에서 남자와 여자 사이만 대립 관계로 존재하는 것은 아닙니다. 크게는 생물과 무생물, 사람과 동물, 동물

과 식물이 대립 관계로 존재하며, 또한 그 속에는 수많은 관계가 서로 얽히고설키어 복잡하게 연결돼 있습니다.

어른과 아이. 이 두 '종족' 또한 씨줄 날줄처럼 엮여 있는 관계의 정글 속에서 한 축을 차지합니다. 두 종족은 함께 생활하고 있지만 각각 다른 차원의 세계에 살고 있습니다. 한쪽에서 아무리 크게 말을 해도 다른 쪽에는 전혀 안 들리기도 하고, 설사 들린다 해도 무슨 말인지 못 알아들을 때가 많습니다.

이렇다 보니 두 종족은 늘 전쟁 중입니다. 언뜻 어른이 힘도 세고 아는 것도 많아 보이지만, 승리는 늘 아이에게 돌아갑니다. 변화무쌍한 전략을 가진 아이 앞에서 어른은 두 손 두 발다 들고 맙니다.

물론 저 또한 이런 전쟁의 한복판에 서 있습니다. 어른 둘에 아이 둘이니 해 볼 만한 싸움 같은데 저희 집도 승리는 언제나 아이들의 몫입니다. 아이들의 페이스에 말리다 보면 어느새 제 가슴은 쿵쾅대고 얼굴은 붉어져 있습니다. 최대한 참으려고 하지만, 결국 도저히 참을 수 없는 극한 상황이 옵니다.

"텔레비전을 왜 누워서 보니!"

"지금까지 숙제도 안 하고 어쩜 그리 천하태평이니!"

"먹을 것도 없는 냉장고를 왜 그리 자주 여니!"

"그렇게 뛰어다니면 아랫집에서 올라오잖니!"

쉴 새 없이 잔소리 폭탄을 쏟아 내지만, 아이들은 요지부동. 눈도 깜짝하지 않습니다. 잔소리가 계속되면 그제야 마지못해 몸을 움직이지만, 이 또한 작전상 후퇴일 뿐 진정한 패배는 아닙니다.

받는 거 없이
주기만 하는 식물

한적한 시골 읍내의 식당에서 번잡한 도심지의 사무실까지 식물이 있을 만한 실내라면 어디서든 눈에 띄는 식물이 바로 산세비에리아입니다. 산세비에리아가 지금 같은 큰 인기를 누리게 된 것은 그리 오래된 일이 아닙니다.

2000년대 들어서 일본의 매스컴에 이 식물의 공기 정화 능력이 소개되며 인기를 끌기 시작한 것이 우리나라에까지 알려지면서 일약 스타 식물이 되었습니다. 그 당시 사회 트렌드였던 '웰빙'과 실내 공기를 깨끗하게 해 준다는 산세비에리아의 '기능'이 딱 맞아떨어진 것이지요. 게다가 최근 몇 해 전부터는

'스투키*Sansevieria stuckyi*'라는 이름을 가진 품종이 선풍적 인기를 끌고 있습니다.

하지만 산세비에리아의 인기 비결이 단지 공기 정화 능력만이라고 하기에는 설득력이 떨어지는 것 같습니다. 왜냐하면 우리에게 익숙한 관엽식물 가운데에는 아레카야자나 관음죽, 고무나무처럼 산세비에리아보다 공기 정화 능력이 훨씬 더 뛰어난 식물이 많이 있으니까요.

그렇다면 산세비에리아는 어떤 비밀스러운 능력이 있기에 최고의 스타 식물이 된 것일까요? 그 비결은 바로 산세비에리아의 튼튼한 성질 때문입니다. 키우는 사람이 거의 신경을 쓰지 않더라도 알아서 잘 자라기 때문이지요. 산세비에리아는 지나치게 건조하거나 햇빛이 들지 않는 실내에서 다른 식물들이 잎을 태우고 시들할 때도 단 한마디 투정 없이 잘 자라 줍니다.

최소한의 빛과 물만 있으면 자신의 생명력을 최대한 끌어내 싱싱한 모습을 유지합니다. 신경을 못 써 줘도 알아서 잘 자라고, 실내 공기까지 정화시켜 주는 산세비에리아. 우리 인간은 산세비에리아에게 아무 것도 해 준 게 없는데, 산세비에리아는 받은 것 없이 인간에게 주기만 할 뿐이니 그저 미안하고 고마운 마음뿐입니다.

말만 많은 나보다
네가 낫다

이상하게도 사람들은 이런 고마운 산세비에리아에게 그다지 예쁜 이름을 붙여 주지 않았습니다. Snake plant. 이게 바로 산세비에리아의 영어 이름입니다. 잎에 그려져 있는 무늬가 뱀의 몸에 있는 무늬와 비슷해서 붙은 이름이지요. 물론 뱀이 어때서 그러냐고 말할 분도 계실 겁니다. 하지만 화분에서 뻗어 나온 산세비에리아의 잎들을 모두 뱀이라고 상상해 보세요. 뱀 여러 마리가 한 화분에서 우글거리는 모습은 아무래도 아름다운 이미지와는 거리가 있어 보입니다.

산세비에리아의 또 다른 영어 이름 'Mother-in-law's tongue'도 마찬가지입니다. 우리말로 직역하면 장모의 혀, 시어머니의 혀입니다. 이 말은 '쓸데없이 시시콜콜 간섭하는 사람'을 가리킬 때 관용적으로 쓰입니다. 산세비에리아의 잎들을 보며 잔소리 많은 장모나 시어머니의 혀를 떠올린 것이지요.

그러고 보면 화분에서 뻗어 나온 산세비에리아의 잎들이 꼭 제 혀 같기도 합니다. 한 입에서 나온 여러 개의 혀. 한 말 또 하고, 한 말 또 하고…. 아이들에게 잔소리하는 제 모습과 꼭 닮았습니다. 참을 '인忍'자 세 번이면 살인도 피할 수 있다고 하는데, 아이들 앞에서는 그게 왜 이리 힘들까요? 한 번만 더 참아도, 그날 밤 잠든 아이의 모습을 보면서 덜 미안할 텐데 말이죠.

말보다는 행동. 잔소리 하나 없이 실내 공기를 정화시켜 주는 산세비에리아가 이러쿵저러쿵 말만 많은 저보다 훨씬 낫다는 생각이 듭니다.

물이 필요한 딱 그 순간 알기

페페로미아 — Radiator plant

그들이 향신료에
집착한 이유

콜럼버스, 마젤란, 바스코 다 가마. 여러분은 이 사람들의 이름을 들으면 무엇이 떠오르나요? 배를 타고 험한 파도를 헤치며 새로운 길을 개척하고, 미지의 땅에 발을 내딛고 낯섦과 맞서 싸운 사람들. 이들의 이름에 따라붙는 단어는 바로 '탐험'입니다. 콜럼버스는 자신이 인도라고 생각한 아메리카 대륙에 닻을 내렸고, 마젤란은 대담한 발상으로 인류 최초의 지구 일주 항해를 감행했습니다. 바스코 다 가마는 아프리카 남단의 희망봉을 돌아 인도까지 항로를 개척했지요.

역사는 대개 이들의 탐험을 계기로 유럽인의 세계 식민지화가 시작되었다고 말합니다. 이들이 개척한 뱃길을 통해 미지의 땅이 발견되면서 그 땅의 금은보화가 착취되기 시작한 것이지요. 그런데 그렇게 위험을 무릅쓰고 유럽인들이 모으려 했던 보물, 그 금은보화에는 과연 무엇이 있었을까요? 물론 글자 그대로 금이나 은 같은 광물도 있었겠지만, 향신료 또한 이들에게는 빼놓을 수 없는 보물이었습니다.

지금은 요리할 때 아무 생각 없이 쓰는 고추, 마늘, 파, 후추가 지금으로부터 불과 몇 백 년 전에는 목숨을 걸고 구해야 할 대상이었던 것입니다. 그렇다면 유럽 사람들은 왜 그리 열심히 후추를 비롯한 향신료를 구하려 했던 걸까요? 백과사전에는 대략 두 가지가량 이유가 나와 있습니다.

하나는 그 당시 유럽의 음식이 맛이 없었기 때문에 맛을 돋우기 위해서, 또 하나는 그 당시에는 악취에서 병이 생긴다고 믿었기 때문에 악취를 없애기 위해서입니다. 지금이야 우스운 이야기로 들리기도 하지만, 향신료가 귀했던 옛날에는 정말 후추 열매 하나가 절실했을 겁니다. 그것 하나로 많은 게 바뀔 수 있고, 크게는 세상이 달라질 수도 있다고 생각했을 테니까요.

너희들
이웃사촌이야?

후추라고 하면 우리는 흔히 향신료로 쓰는 후추를 가장 먼저 떠올립니다. 후추는 특유의 맵고 톡 쏘는 맛으로 음식의 풍미를 더욱 좋게 해 주지요. 하지만 후추는 정확히 말하자면 후추과의 덩굴식물인 후추나무 *Piper nigrum* 의 열매를 뜻합니다. 이 후추나무의 열매를 말려서 곱게 빻은 것이 우리가 먹는 후춧가루지요.

후추과에 속하는 식물로는 후추나무 말고도 몇 가지가 더 있는데, 그중 하나가 바로 페페로미아 *Peperomia* 입니다. 페페로미아가 후추나무와 어떤 연관성이 있는지는 겉모습만 보고는 판단하기 어렵습니다. 단지 이름으로나마 약간 추측할 수 있을 뿐인데, 페페로미아의 영어 철자가 'Peperomia', 후추의 영어 철자가 'Pepper'인 걸 보면 둘이 한 가족이란 게 대략 짐작이 갑니다.

여러분은 혹시 페페로미아의 잎을 만져 본 적이 있으신가요? 페페로미아는 다육식물처럼 잎이 두툼합니다. 이 두툼한 잎 속에는 늘 물이 모아져 있지요. 이 때문에 페페로미아는 건조하고 물이 부족한 곳에서도 잘 살아남습니다.

반면에 습한 환경에는 아주 약합니다. 분에 넘치는 주인의 사랑으로 물을 너무 자주 먹으면 과습 상태가 되어 뿌리가 썩기 쉽습니다. 그러고 보면 페페로미아를 비롯해 식물들에게 물을 잘 준다는 게 그리 쉽지만은 않은 것 같습니다. 적게 주면 적어서 문제, 많이 주면 많이 줘서 문제니까요.

종류에 따라 약간의 차이는 있겠지만, 일반적으로 식물에게 물을 주는 가장 좋은 때는 식물이 막 갈증을 느끼기 시작하는 순간입니다. 어느 때가 막 갈증을 느끼는 순간인지에 대해서는 정답이 없습니다. 다소 무책임한 말 같지만, 식물을 키우며 교감을 통해서 얻는 수밖에요.

갈증을
희망과 도전으로

콜럼버스, 마젤란, 바스코 다 가마. 만약 이들에게 그 무엇에 대한 갈증이 없었다면 어땠을까요? 아마 위험천만한 여행을 떠나지 않았을지도 모릅니다. 그랬다면 지금의 세계는 또 다른 모습이 되어 있겠지요. 새로운 향신료에 대한 갈증. 바로 이런 갈증이 있었기에 이들은 세상에 자신의 흔적을 남기고, 세상의 역사 또한 이들에 의해 바뀐 것이라 할 수 있습니다.

이제 아이들을 바라봅니다. 지금의 아이들에게 과연 '갈증'이란 게 존재할까요? 한때 저는 요즘 아이들에게는 갈증이 없으리라 생각했습니다. 부족한 것 없는 현실에 아이들이 그냥 안주하면 어쩌나 걱정도 했습니다. 하지만 하루하루 달라지는 아이들의 모습을 보며 생각을 바꾸었습니다. 뛰어놀며 흘리는 아이들의 땀방울이 저의 걱정을 날려 보냈고, 책을 보는 아이들의 반짝거리는 눈동자가 기대를 갖게 했습니다.

문득 내 아이는 언제 어떤 갈증을 갖고 여행을 떠날지 궁금해집니다. 어느 순간 제 곁을 떠날지는 알 수 없지만, 아이가 자신의 갈증을 희망과 도전으로 승화시킬 수 있도록, 때로는 닥쳐오는 힘든 상황들을 스스로 헤쳐 나갈 수 있도록 저는 열심히 물을 주어 볼 생각입니다. 넘치지도 부족하지도 않게, 물이 필요한 딱 그 순간을 잘 살펴보면서 말이죠.

우리 아이는 어떤 식물?

호스타 — Daylily

오해와 착각
사이

아기가 태어나 조금씩 변해 가는 모습을 보면서 엄마, 아빠는 깜짝깜짝 놀랍니다.

"섰다. 섰어!"

"이것 봐. 숟가락을 집었어."

"책을 보고 웃고 있네."

"와! 엄마라고 불렀어."

엄마, 아빠는 이런 아기의 모습이 마냥 신기하고 대견하기만 합니다. 그래서 그 속에서 뭔가 특별함을 찾아내고자 부단히 노력하지요.

"혹시 우리 아이는 천재 아닐까?"

"맞아, 안 그래도 다른 애들이랑 좀 다른 것 같아."

하지만 이렇게 주위의 기대를 불러일으키던 아이는 한 살 두 살 나이를 먹고 커 가면서 서서히 엄마, 아빠를 실망시키기 시작합니다. 그리고 심지어는 오해를 불러일으키기도 합니다.

"혹시 우리 아이에게 무슨 문제가 있는 건 아닐까? 다른 애들보다 좀 늦는 것 같아."

'일부러 말을 안 듣는 걸까? 아니면 못 알아듣는 걸까?'

'아무리 혼내고 주의를 줘도 왜 이리 똑같지?'

'도대체 누굴 닮아서 이렇게 집중을 못 하고 산만한 걸까?'

한번 시작된 엄마, 아빠의 걱정은 끝이 없습니다. 이것도 맘에 안 들고, 저것도 맘에 안 듭니다. 결국 칭찬보다 꾸중이 많아지고, 아이 또한 자신도 모르는 사이 점점 위축되어 갑니다. 때로는 정말 자신에게 문제가 있는 건 아닌지 착각하기도 합니다.

비슷해 보여도
엄연히 다른

햇볕이 쨍쨍 내리쬐는 뜨거운 여름날, 나무가 만들어 준 시원한 그늘 아래에 가면 호스타 무리를 만날 수 있습니다. 호스타*Hosta*는 오스트리아의 식물학자인 호스트Nikolaus Thomas Host를 기리는 뜻에서 붙여진 이름인데, 한 식물만 뜻하기보다는 백합과科 비비추속屬의 식물들을 통틀어 부를 때 쓰곤 합니다. 호스타 스위티*Hosta* 'Sweetie', 호스타 안티옥*Hosta* 'Antioch', 호스타 카니발*Hosta* 'Carnival'처럼 말이죠. 호스타 뒤에 붙은 이름들은 모두 품종명입니다.

비비추속에 속한 식물로 우리에게 가장 많이 알려진 것은 비비추와 옥잠화입니다. 두 식물은 속명이 같으므로 언뜻 비슷해 보이지만, 엄연히 다른 존재입니다. 비비추*Hosta longipes*는 우리나라를 비롯, 중국과 일본에서 자생하는 식물로 보라색 꽃을 피웁니다. 반면에 옥잠화*Hosta plantaginea*는 중국이 고향인 원예식물로 흰색 꽃을 피우며 비비추보다 잎이 넓고 잎의 무늬가 훨씬 깊습니다. 모양이 다를 뿐만 아니라 태어난 환경 자체가 다르지요.

하지만 비비추나 옥잠화나 '호스타'란 이름 아래에선 한 가족입니다. 두 종류 다 무리를 지어 자라며 그늘진 곳을 좋아합니다. 따라서 호스타를 키울 때는 실내보다는 바깥을 택하고, 햇볕이 쨍쨍 내리쬐고 건조한 곳보다는 나무 그늘처럼 햇빛이 잘 안 드는 반그늘의 습한 곳을 택하는 것이 훨씬 좋습니다.

식물계의
엄친아

한없이 깊어 보이는 녹색 잎에 새하얀 혹은 옅은 보라색의 꽃을 피운 호스타는 뜨거운 여름날 더위에 지친 사람들에게 기분 좋은 휴식을 가져다줍니다. 녹색 잎이 전해 주는 시원함에 순백한 꽃의 정취까지 이 식물은 어느 누구의 시선 하나도 허투루 지나쳐 버리게 하는 법이 없습니다. 그런데 사람들은 이런 매력 넘치는 호스타에게 관엽觀葉식물이라는 재미없는 이름을 붙여 줍니다.

고무나무나 산세비에리아를 비롯해 다른 많은 식물에게 그랬듯이 '실내나 정원에서 키우는 잎이 보기 좋은 식물'로 규정

지어 버립니다. 그렇다면 과연 호스타는 '관엽식물'이라는 자신의 카테고리에 만족하고 있을까요? 아마도 굳이 자신이 어떤 카테고리에 들어가야 한다면 관엽식물보다는 '관엽관화식물'이라고 불리기를 바라고 있을지도 모릅니다. 잎이 주는 매력만큼이나 꽃이 주는 매력 또한 너무나 크니까요.

물 흐르듯 미끄러지는 곡선에 입체감이 느껴지는 주름 잡힌 잎. 그늘에서는 다소곳이 수줍어 보이지만 햇살 아래에서는 화려하고 눈부신 꽃. 그야말로 어느 한 곳 부족한 데 없이 아름답기만 합니다.

한번 생각해 보세요. 호스타처럼 잎도 아름답고 꽃도 아름다운 식물이 과연 얼마나 될까요? 몇 년을 함께 살아도 도대체 어떤 꽃이 피는지, 아니 꽃이 피는지조차 모르는 식물이 수두룩합니다. 봄 한때 예쁜 꽃으로 우리를 황홀하게 만들지만, 꽃이 지고 나면 일 년 내내 관심 밖으로 멀어지는 식물도 한두 종류가 아닙니다. 잎도 보기 좋고, 꽃도 보기 좋은 호스타 같은 식물은 식물 세계에서 그야말로 '엄친아' 같은 존재일는지 모릅니다.

성질대로
성질에 맞게!

문득 우리 아이들의 모습 또한 이 식물들과 똑같다는 생각이 듭니다. 아이들에게는 분명 자신만이 가지고 태어난 고유의 성질이 있습니다. 산세비에리아처럼 두툼한 잎을 갖고 태어난 아이가 있다면, 사랑초처럼 하늘하늘한 줄기를 갖고 태어난 아이도 있고, 백합처럼 홀로 화려한 아이가 있는가 하면, 수국처럼 함께 있을 때 아름다운 아이도 있는 법입니다.

그렇다면 이런 아이들에게 우리 엄마, 아빠는 무엇을 해 줄 수 있을까요? 그것은 바로 우리 아이가 도대체 어떤 성질을 갖고 있는지 잘 살펴보는 것입니다. 산세비에리아처럼 튼튼한 아이인지, 사랑초처럼 유연한 아이인지, 백합처럼 개성이 강한 아이인지, 수국처럼 조화로운 아이인지 꾸준히 지켜보는 거지요.

이것만 알면 그다음은 아주 쉬울 것 같습니다. 식물에게도 각각의 성질에 맞는 재배법이 있듯이 각 아이의 성질에 맞게 대해 주면 됩니다. 자신에게 맞는 대우를 받았을 때 무럭무럭 자라나지 않을까요? 이것이야말로 진정 생명을 키우는 자만이 느껴 볼 수 있는 짜릿한 희열이자 묘미일 것입니다.

함께해야
아름답다

원예 초보자 시절이 지나가면 식물을 통해 세상 살아가는 이치까지 터득하게 됩니다. 한 사람의 인격체로서, 또한 사회의 구성원으로서 어떻게 사는 것이 가치 있고 행복한 삶인지 식물이 가르쳐 줍니다. 물론 이렇게 해라, 저렇게 해라 하며 훈계하듯 가르치는 건 아닙니다. 식물은 그저 자신에게 주어진 운명을 있는 힘껏 끌어안으며 최선을 다해 살아 낼 뿐이지요. 그 '조용한' 솔선수범이 더 큰 울림을 가져옵니다.

정상과 비정상

툴립 — Tulip

쉽고도 뻔한
퀴즈 하나

    지금부터 꽃에 대한 문제 두 개를 내겠습니다. 잘 읽어 보고 어떤 꽃에 대한 이야기인지 알아맞혀 보세요.

    첫 번째. 이 꽃은 지금으로부터 300여 년 전 네덜란드에서 아주 큰 인기를 누렸습니다. 아니, 인기보다는 보물 대접을 받았다는 게 더 옳은 표현일지도 모르겠습니다. 이 꽃으로 투기를 해서 엄청 돈을 번 사람도, 재산을 몽땅 날린 사람도 나왔으니까요.

훗날 사람들은 이 꽃에 열광했던 그 당시를 '○○꽃 광狂시대'라고 불렀으며, 『몽테크리스토 백작』으로 유명한 프랑스의 소설가 알렉상드르 뒤마는 그런 세태를 테마로 『검은 ○○』이란 소설을 쓰기도 했습니다. 자, 이렇게 한때 네덜란드에서 엄청난 붐을 일으켰던 이 꽃은 과연 무엇일까요?

두 번째. 아이들이 가장 좋아하는 꽃은 무엇일까요? 외국의 한 기관에서 조사를 한 결과, 1등으로 뽑힌 게 바로 이 꽃이었습니다. 이 꽃은 색깔이 예쁘기도 하지만 무엇보다 생김새가 가장 먼저 눈에 뜨입니다.

저는 이 꽃을 볼 때마다 임금님들이 쓰던 왕관이 떠오르곤 하는데, 옛 사람 중에도 저와 비슷한 생각을 한 사람이 있었나 봅니다. 이슬람교도나 인도인이 머리에 둘러 감는 터번Turban이 이 꽃과 모양이 비슷해 이름의 유래가 되었다는 설이 있으니까요.

누가 보더라도 "와! 예쁘다"라는 감탄사가 절로 나오고, 왠지 동화 속 세상에 온 것 같은 느낌을 주는 꽃. 과연 이 꽃은 무엇일까요?

눈치 빠른 분, 아니 제목을 보신 분이라면 벌써 아셨겠죠. 맞습니다. 정답은 바로 튤립입니다. 몇 백 년 전에는 투기의 대상으로 어른들의 인기를 끌었고, 지금은 아이들에게 가장 많은 사랑을 받고 있는 꽃. 동화 속 왕자님, 공주님의 정원에 가장 어울릴 것 같고, 봄이 되면 어김없이 놀이 공원을 장식하는 꽃. 그게 바로 튤립입니다.

하지만 이렇게 예쁘고 아름다운 겉모습과는 달리 실제로 튤립은 그리 유복한 환경의 꽃이 아닙니다. 원래는 극심한 추위와 더위라는 가혹한 환경을 견뎌 내며 살던 식물입니다. 건조한 모래 바람이 휘몰아치는 황량한 땅에 봄비가 잠깐 내리면 튤립은 기다렸다는 듯이 꽃을 피웁니다. 황무지에 피는 빨강과 노랑의 커다란 꽃송이. 그 모습을 보고 고대 사람들은 튤립을 '신의 꽃'이라 불렀습니다.

신의 꽃 튤립과 가장 인연이 깊은 나라는 뭐니 뭐니 해도 터키와 네덜란드입니다. 우선 터키는 튤립을 맨 처음 원예식물로 재배한 나라입니다. 이 나라에서 처음으로 튤립을 심은 곳은 술탄의 정원이었는데, 지금으로부터 약 500년 전의 일입니다. 1574년에 5만 개, 1579년에 50만 개의 튤립 알뿌리가 정원에 심어졌다 하니 봄이 되어 온통 튤립으로 뒤덮였을 정원의 모습은 상상만으로도 황홀합니다.

이렇게 재배하여 모은 알뿌리로는 교배를 해서 다른 품종의 튤립을 만들었습니다. 비록 지금은 남아 있는 것이 없지만, 그 당시 만들어 낸 품종 수가 무려 2,000종이나 됐다고 전해집니다.

네덜란드 또한 터키만큼이나 튤립을 사랑했던 나라입니다. 조그만 튤립 알뿌리 하나에 온 국민이 울고 웃었을 정도니까요. 그런데 재미있는 사실은 '튤립광 시대'에 등장했던 수많은 튤립 가운데 얼룩 무늬 튤립의 인기가 가장 많았다는 것입니다. 얼룩 무늬가 특이할수록 값도 비싸고 사람들이 좋아했다고 합니다. 하지만 나중에 밝혀진 바에 의하면 튤립의 얼룩 무늬는 바이러스 때문에 생긴 것이었습니다. 결국 사람들은 병에 걸린 튤립에 열광한 셈이지요. 물론 당시 사람들이 그 사실을 알았을 리야 없지만, 지금 생각해 보면 참으로 코미디 같은 일입니다.

21세기의 역사가 한 줄 한 줄 쓰이고 있는 지금, 우리는 300년 전 튤립에 미쳤던 네덜란드 어른들을 어떻게 바라봐야 할까요? 그저 투기에 눈이 멀었던 한심한 사람들로 봐야 할까요? 프랑스의 인류학자 레비스트로스Claude Lévi-Strauss는 이렇게 말했습니다.

"인류는 어느 시대 어느 곳에서든 항상 최선을 다해 살아왔다."

레비스트로스의 말대로 하자면 그때 그 시대를 살았던 네덜란드 어른들에게는 튤립 알뿌리로 투기를 하는 행동이 정상이었을 겁니다. 남에게 뒤처지지 않고 열심히 세상을 살아가는 방식이었겠지요. 이제 우리의 미래로 눈을 돌려 봅니다. 지금으로부터 300년이 흘렀을 때 과연 그때의 어른들은 300년 전인 지금의 어른들을 어떻게 평가할까요?

2000년대 초반의 이야기를 역사책에서 읽고는 '그때 사람들은 아파트라고 하는 콘크리트 박스 속에서 많이 살았는데, 그걸 사고팔면서 돈을 벌려고 난리가 났었다는군' 하고 얘기하지 않을까요? '지금은 거의 쓰는 사람도 없는 영어를 배우려고 네다섯 살 아이들도 학원에 다녔대.' 이런 이야기가 나오지 말란 법도 없겠지요.

우리들이 정상이라고 생각하는 것이 실은 정상이 아닐 수도 있습니다. 우리들이 당연하게 여기는 것이 당연하지 않을 수도 있습니다. 우리는 과연 지금 잘 살고 있는 걸까요?

나는 그저 나일뿐

테이블야자 — Parlor palm

19세기 런던 가정집에서
꽃구경하기

지금부터 저와 함께 타임머신을 타고 시간 여행을 해 보실까요? 때는 지금으로부터 약 170년 전. 타임머신이 도착한 곳은 영국 런던의 어느 평범한 가정집입니다. 언뜻 봐서는 요즘 가정집과 별로 달라 보이는 게 없습니다.

"제가 사는 21세기랑 거의 비슷한 것 같아요."

마침 소파에 앉아 차를 마시던 주인 아주머니에게 물었습니다.

"그래요? 실은 우리도 이렇게 환하고 따뜻한 집에서 살게 된 게 얼마 안 됐어요. 10년 전만 해도 아주 어둡고 추웠답니다. 다른 집도 마찬가지였지요. 창문도 지금은 이렇게 큼지막하지만, 얼마 전까지만 해도 유리가 비싸고 질도 안 좋아서 이렇게 큰 유리창은 엄두도 못 냈어요."

"아, 그럼 지금처럼 집 안에서 식물을 키운 것도 그리 오래된 일은 아니겠네요? 어둡고 추운 실내에서는 식물을 키우기 힘들 테니까요."

주인 아주머니가 타 준 허브차가 긴장해 있던 제 몸을 풀어 주었습니다.

"그렇죠. 그 전엔 상상도 할 수 없는 일이에요. 깜깜한 집에서 어떻게 식물을 키우겠어요. 하지만 지금은 달라요. 집에서 키울 수 있는 식물이 많아져 아주 행복하답니다. 창가를 보세요. 하얀색 재스민 꽃이 참 예쁘죠? 그 옆에 있는 보라색 꽃은 헬리오트로프랍니다. 둘 다 향기가 아주 좋아요. 그리고 이쪽을 보세요. 좀 어두운 곳에서도 잘 자라는 애들이 있어요. 얘는 네프롤레피스, 얘는 아디안툼, 그리고 얘는…."

저는 주인 아주머니의 손끝이 가리키는 곳을 보고 깜짝 놀랐습니다.

"이건 야자 아닌가요? 19세기 런던의 가정집에서 야자를 볼 줄은 꿈에도 생각하지 못했어요. 야자가 이런 곳에서도 잘 자라나요?"

너 혼자 야자?
우리도 야자!

누구나 '야자나무'라는 단어를 들으면 바닷가를 먼저 떠올립니다. 햇빛이 쨍쨍 내리쬐는 바닷가에 길쭉길쭉 위로 솟아 있는 야자나무, 그리고 꼭대기에 달려 있는 열매들. 그런데 우리가 알고 있는 이 '야자나무'는 실은 야자나무 가운데 한 종류인 코코야자*Cocos nucifera*입니다.

전 세계 열대, 아열대 지역에 퍼져서 자라며, 실제로 야자과 식물 중 가장 유명한 나무지요. 우리가 코코넛이라고 부르는 것이 바로 이 코코야자의 열매입니다. 하지만 야자과에는 결코 코코야자만 있는 게 아닙니다. 코코야자를 포함해 무려 220속 2,500종이 넘는 야자가 이 지구에 살고 있습니다.

이 가운데에는 식물이 거의 못 자라는 아프리카 북부

나 서남아시아 사막의 오아시스가 고향인 대추야자*Phoenix dactylifera*, 종려나무도 있고, 중국 남부가 고향이며 생김새가 대나무를 닮은 관음죽*Rhapis excelsa*, 종려죽*Rhapis humilis*도 있습니다. 모두 고향이나 생김새는 다르지만 야자인 것만은 틀림없는 사실이지요.

직사광선은
너무 부담스러워

크기나 모양은 다른 야자들과 좀 다르지만, 테이블야자 *Chamaedorea elegans* 또한 야자과의 한 식물입니다. 분류상으로는 카마이도레아*Chamaedorea*속에 속하며, 테이블야자라는 이름은 테이블 위에서 키울 정도로 작은 몸집 때문에 얻게 되었습니다.

테이블야자는 다른 야자들과는 달리 멕시코와 과테말라에 있는 1,000미터가 넘는 산들이 고향입니다. 이렇게 높은 산의 숲속에서 살며 낮은 온도에 적응하고, 그늘지고 습한 환경을 좋아하게 되었지요.

따라서 집 안에서도 테이블야자가 튼튼하게 잘 살려면 밝은 그늘이면서 바람이 잘 통하는 곳에 놓아 주는 게 중요합니다. 이런 환경만 제대로 만들어 준다면 테이블야자는 높은 산에서 연마한 강한 체력을 바탕으로 우리 집 테이블을 푸르고 싱싱하게 만들어 줍니다. 높은 산의 서늘한 기운을 한여름 우리 집의 테이블에도 전달해 줄 수 있습니다.

단 테이블야자를 키울 때 주의할 점이 하나 있으니 바로 직사광선입니다. 고향에서도 직접 따가운 햇볕을 받으며 자라지 않은 탓에 환경이 바뀐 지금도 여전히 직사광선만큼은 부담스러워 합니다. 계속해서 직사광선을 쬐다가는 잎이 타버릴 수도 있으므로 조심하는 게 좋습니다.

한 존재의 다양성과
특수성

19세기 빅토리아 시대부터 21세기인 지금까지 야자나무는 여전히 우리들의 집 안 한구석을 지켜 오고 있습니다. 또한 아시아 대륙의 중국부터 아메리카 대륙의 멕시코까지 지구 곳곳에서 지금 이 순간에도 자라고 있습니다.

만약 우리들이 야자나무에 대해 '바닷가에서 유유자적하게 일광욕을 즐기는 나무'라는 이미지만을 갖고 있었다면 어땠을까요? 아마도 야자나무는 너무나 억울했을지도 모릅니다. 시공을 초월한 자신의 다양한 모습을 사람들이 몰라 주었으니까요.

하지만 생각해 보면 억울한 게 어디 야자나무뿐일까요? 실은 얽히고설킨 이 세상을 살아가는 우리의 모습도 마찬가지입니다. 한 존재의 다양성과 특수성을 인정하기 이전에 우리는 서로 편을 가르고 선을 긋습니다.

'나'는 그저 '나'일 뿐인데 어떻게 편이 갈리고 선이 그어지느냐에 따라 때로는 나답지 않은 '나'가 되기도 하고, 때로는 내가 싫어하는 '나'가 되기도 합니다. 한 존재에게서 그 원형과 진심을 읽어 내기란 얼마나 어려운 일일까요?

지금 이 순간에도 끊임없이 자신의 정체성 때문에 상처를 주고받는 사람들을 보고 있자니 문득 테이블 위 야자나무에게 위로라도 한마디 듣고 싶어집니다.

이 도시의 주인은 누구일까?

피튜니아 — Common garden petunia

우리가 훨씬 먼저
태어났거든!

도시는 사람들을 위해서 만들어진 공간입니다. 따라서 '어떻게 하면 많은 사람이 최대한 불편 없이 살 수 있을까?'라는 질문에 만족스러운 답을 얻기 위해 지금도 이곳저곳에서는 쉴 새 없이 땅을 파헤치고 인위적인 '무엇'을 만듭니다.

그런데 도시에는 사람만 사는 게 아닙니다. 생각보다 훨씬 다양한 생명체가 사람과 함께 살고 있습니다. 그중에는 개나 고양이처럼 사람의 사랑을 받는 동물도 있고, 바퀴벌레나 쥐처럼 사람에게 미움을 받는 동물도 있습니다. 가로수나 화단의 꽃처럼 사람의 손길을 받는 식물도 있고, 보도블록 사이의 잡초나 이끼처럼 지나가는 발길에 밟히는 식물도 있습니다.

사람이 그러하듯 이 생명체들 또한 도시에서 살아가야 하는 명확한 이유가 있습니다. 그래서 각자 나름의 생존 방식으로 삶을 영위해 가지요. 하지만 사람들은 오로지 자신만의 기준으로 편을 가릅니다. 이 생명은 보호할 대상이고 이 생명은 없애야 할 대상이라고 맘대로 정해 버립니다.

이런 사람들의 행태를 지구의 터줏대감인 바퀴벌레는 어떻게 생각할까요?

'이제 막 지구에 나타난 것들이 까불고 있어!'

아마 가소롭다고 코웃음을 칠지도 모릅니다.

개량에 개량을 거듭한
원예 품종

본격적인 더위를 앞두고 심호흡을 하는 6월이 되면 도시는 온통 피튜니아 잔치입니다. 집 근처 학교의 아담한 꽃밭부터

도로변 가로등에 매달린 화분까지 어디를 가더라도 피튜니아가 우리를 맞이합니다.

피튜니아는 가지과 식물로 남아메리카가 고향입니다. 'Petunia'라는 이름은 남아메리카에 살던 원주민의 언어 'Petun[담배]'에서 유래했는데, 피튜니아 꽃이 담배꽃 *Nicotiana* 과 비슷하게 생겨서 그런 이름이 붙었다는 설이 있습니다. 그런가 하면 원주민들이 담배를 피울 때 피튜니아 잎을 섞어 피워서 그런 이름이 붙었다는 얘기도 있지요.

하지만 이름의 유래에서 느껴지는 남아메리카 원주민의 정취와는 달리 지금 우리가 보는 피튜니아는 그저 도시의 꽃에 지나지 않습니다. 몇 종류의 원종原種을 수없이 개량하고 또 개량해 만든 원예품종일 뿐입니다. 피튜니아의 원예품종은 셀 수 없이 많습니다. 꽃의 크기만 하더라도 지름이 13센티미터나 되는 것부터 5센티미터밖에 안 되는 것까지 다양합니다. 꽃 색깔도 우리에게 익숙한 빨강, 분홍을 비롯해서 파랑, 보라, 하양, 노랑, 그리고 한 꽃에 두 가지 색이 번갈아 줄무늬를 이루는 것까지 여러 가지입니다.

꽃 모양 또한 모두 똑같지 않습니다. 주변에서 흔히 볼 수 있는 것은 대개 홑겹이지만, 겹으로 된 품종도 있습니다. 겹꽃

피튜니아의 경우, 얼핏 보면 피튜니아라는 느낌이 안 들 정도로 다른 분위기를 풍기는데, 이 겹꽃 피튜니아를 세계 최초로 만들어 낸 사람이 바로 우리에게는 씨 없는 수박으로 널리 알려진 우장춘 박사입니다.

도시는 우리가
지킨다

얼마 전 볼일이 있어 여의도에 간 적이 있습니다. 지하철에서 내려 밖으로 나왔는데 무엇보다 피튜니아가 가장 먼저 제 눈에 들어왔습니다. 피튜니아는 제가 서 있는 곳부터 저 멀리 제 눈이 닿지 않는 곳까지 차도를 따라 아주 길게 심어져 있었습니다. 저는 좀 더 자세히 그 모습을 보고 싶어서 피튜니아에게 가까이 다가갔습니다.

그런데 가까이에서 피튜니아를 살펴보고 있자니 아주 조그맣게 속삭이는 피튜니아의 음성이 제 귀에 들어왔습니다.

"친구야! 너는 왜 내가 지금 여기 있는 것 같니?"

"글쎄, 뭐 사람들이 여기에 심었으니까 있는 거 아냐?"

그러자 피튜니아는 한심하다는 듯한 표정으로 제 얼굴을 쳐다봤습니다.

"물론 너는 그렇게 생각하겠지. 하지만 실은 우리가 사람들의 마음을 움직여서 이곳에 심도록 한 거야. 바로 우리의 사명감 때문이지. 삭막하기 그지없는 이 도시의 모든 것을 화해시키는 일, 그게 바로 우리의 임무야."

저는 이제껏 피튜니아가 자동차의 매연과 소음, 그리고 사람들의 무관심에 하루하루 괴로워하며 살 거라고 생각했습니다. 하지만 피튜니아의 속내는 그렇지 않았던 거지요. 도시에 존재하는 모든 것들. 그것이 생물이든 무생물이든 자신들을 좋아하든 싫어하든 피튜니아는 그들의 손을 잡고 있었습니다. 평화주의자, 인도주의자의 숨결이 피튜니아에게 느껴졌습니다.

그날 저는 피튜니아로 뒤덮인 도시의 한때를 보내면서 과연 인간이 이곳의 주인 행세를 하는 게 옳은 일인지 궁금해졌습니다. 그리고 아주 잠시라도 피튜니아에게 도시를 맡겨 보고 싶어졌습니다. 지금은 인간이 도시의 으뜸인 양 으스대고 있지만, 피튜니아야말로 인간과는 달리 잘난 체도 않고 뽐내지도 않으면서 그저 묵묵하게 도시를 지켜 줄 것만 같았습니다.

만일 피튜니아에게 도시를 맡겼더니 이곳이 인간이 주인일 때보다 더 살기 좋은 곳으로 바뀐다면 어떻게 할까요? 그때는 정말 피튜니아에게 영원히 도시를 맡기는 게 나을지도 모릅니다. 인간의 욕심으로 우리의 삶터가 더는 망가지기 전에 말이죠. 하지만 무슨 일이 있어도 피튜니아 같은 식물 따위에게 이 도시를 못 맡기겠다면? 어쩔 수 없지요. 피튜니아를 스승 삼아 사명감과 책임감만큼은 반드시 배워야 할 것 같습니다.

아기의 눈물

솔레이롤리아 — Baby's tears

아프니?
나도 아프다!

지금은 아이들이 커서 과거의 일로 추억하게 됐지만, 아이들이 아기이던 시절에는 참으로 힘들었던 것 같습니다. 집 안 구석구석 돌아다니며 어지르고, 잠시라도 한눈팔면 금세 사고를 치기 일쑤였으니까요. 하지만 아이들을 키우며 무엇보다 가장 힘들었던 순간은 아팠을 때입니다.

아파서 우는 아기를 앞에 두고 어쩔 줄 몰라 하던 기억들은 지금도 어제 일처럼 새롭기만 합니다. 아직 말도 못하는 아기가 닭똥 같은 눈물을 흘리며 울 때 아마 모든 엄마, 아빠는 자신이 대신 아프기를 바랄 겁니다.

아파서 칭얼거리는 아기의 눈물을 닦아 줄 때면 그 눈물의 몇 십 배, 몇 백 배만큼의 무언가가 엄마, 아빠의 가슴속에서 빠져나갑니다. 뭐라 표현하기 힘든 애절하면서도 측은한 느낌이 온몸을 휘감습니다.

눈물 방울처럼 생긴 식물

솔레이롤리아는 이름이 여러 개인 식물입니다. 흔히 애기 눈물Baby's tears, 천사의 눈물Angel's tears, 병아리 눈물, 또래기라고 부릅니다. 서양에서는 'Mind your own business(당신 일이나 잘 하세요)', 'Peace in the home(가정의 평화)', 'Pollyanna vine(낙천주의자의 덩굴)', 'The corsican curse(코르시카섬의 저주)' 등으로 부르기도 합니다.

애기 눈물, 천사의 눈물, 병아리 눈물처럼 이름에 유난히 '눈물'이 많이 붙은 것은 아마도 줄기와 잎의 생김새 때문일 겁니다. 가늘디가는 줄기는 갓 태어난 아기의 연약한 팔목을, 올 망졸망 붙어 있는 잎들은 아기의 눈물 방울을 연상시키니까요.

그런데 꽃시장에 가 보면 언뜻 생김새가 비슷해서 솔레이 롤리아의 친구라고 할 만한 식물들이 몇 종류 있습니다. 쐐기 풀과의 타라*Pilea glauca 'Grezy'*, 뽕나무과의 푸미라*Ficus pumila*, 마디풀과의 트리안*Muehlenbeckia complexa*이 그들입니다. 모두 작은 잎을 갖고 있으며 줄기를 위가 아닌 옆으로 퍼뜨리다가 더 자라면 화분 아래로 늘어뜨립니다.

물론 네 식물은 가까이에서 살펴보면 엄연히 다릅니다. 타 라와 트리안은 솔레이롤리아에 비해 잎이 약간 더 어둡고 무 거운 색깔이며, 푸미라는 잎의 테두리에 얼룩무늬를 띠고 있으 며 잎이 좀 더 큽니다. 무엇보다 조그만 잎들을 매단 가는 줄기 가 땅바닥에 바싹 붙어 있어서, 초록색 털실로 짠 양탄자나 푹 신하고 보드라운 이끼를 떠올리게 하는 건 솔레이롤리아뿐입 니다. 이런 모습 때문에 솔레이롤리아는 'Irish moss(아일랜드 이 끼)'란 이름도 갖고 있습니다.

따라서 이 식물의 참 매력을 느끼려면 약간은 넉넉한 크기 의 화분에 심는 게 좋습니다. 처음에는 화분이 썰렁하고 커 보 일지 모르지만, 얼마 안 가 잎들이 화분을 뒤덮고 줄기가 아래로 늘어지기 시작하면 금세 그 풍성함에 감탄하게 됩니다. 그 풍성함 속에는 슬픔이 아니라 기쁨의 눈물이 들어 있습니다.

엄마의 젖을 빨고 싶어서 투정 부리는 아기의 눈물, 누워 있기 답답해서 안아 달라고 보채는 아기의 눈물이라고나 할까요? 아기는 자신이 울면 엄마가 젖을 줄 것을 알고 있습니다. 따뜻한 품에 안고 토닥여 줄 것을 알고 있습니다. 따라서 눈물을 흘리기는 하지만, 그 속에 어두움이나 무거움은 없습니다. 즐거운 기대감과 행복만이 넘쳐 날 뿐입니다.

너희를 위로할 수만 있다면

하지만 세상에는 부모를 잘못 만나고 나라를 잘못 만나서 끊임없이 눈물을 흘리는 아기들이 있습니다. 이 아기들이 흘리는 눈물은 단지 투정을 부리며 흘리는 '기쁨'의 눈물이 아니라 정말 배가 고프고 정말 몸이 아파서 흘리는 '슬픔'의 눈물입니다. 자신의 처지가 나아질 가능성이 없고, 더욱 나빠지기만 해서 흘리는 '절망'의 눈물이기도 하지요.

솔레이롤리아에 물을 주며 눈을 감아 봅니다. 줄기와 뿌리가 쑥쑥 자라나 어느 나라 어느 마을에 닿는 것을 상상합니다. 튼튼한 뿌리가 아기의 상처를 감싸 주고, 부드러운 잎이 아기의 눈물을 닦아 줄 수 있다면 얼마나 좋을까요? 가녀린 줄기가 아기의 겨드랑이를 간지럽혀서 아기가 웃게 된다면 얼마나 좋을까요? 우리 곁에 식물이 있는 한, 솔레이롤리아가 있는 한 언젠가는 반드시 그런 날이 올 거라고 믿고 싶습니다.

사랑을 다시 정의하다

사랑초 — Purple shamrock

한마디로 설명하기
어려워

우리가 흔히 쓰는 단어 가운데에는 단지 몇 마디 설명만으로는 도저히 그 뜻을 전달하기 어려운 것들이 있습니다.

"아빠, '경제'가 뭐야?"

텔레비전 뉴스를 보다가 아이가 묻습니다.

"응, 경제란 건 말이지 '인간이 공동생활을 하는 데 필요한 재화를 획득, 이용하는 활동을 함. 또는 이를 통해 이루어지는 사회관계'를 말한단다."

만약 이렇게 사전에 적힌 대로만 아이에게 답을 해 준다면 어떨까요? 다시는 아빠에게 궁금한 걸 물어보지 않을 겁니다. 경제뿐만이 아닙니다. 실제로 우리 주변에는 몇 마디 문장만으로는 도저히 설명 불가능한 단어들이 넘쳐 납니다.

감정을 표현하는 단어들이 그 대표적인 예입니다. '밉다'라는 말은 어떻게 설명할 수 있을까요? 엄마는 아이가 말을 안 듣고 제멋대로 행동할 때 '미워서' 혼내 주고 싶을 테고, 한창 외모에 관심이 많은 사춘기 여학생은 마음에 안 드는 자신의 얼굴이 '밉게' 보일 겁니다. 부부싸움을 하고 냉전 중인 부부는 자신을 이해 못하는 배우자의 뒷모습만 봐도 '얄미운' 마음이 들겠지요.

이처럼 '밉다'는 단지 두 음절의 단어일 뿐이지만, 그 속에는 상황과 대상에 따라 수많은 이야기가 숨어 있습니다. 따라서 이런 단어에 정의를 내리고 설명을 한다는 것 자체가 실은 불가능한 일인지도 모릅니다.

사랑스러워서
사랑초니?

저는 어머니의 아파트에서 사랑초를 처음 만났습니다. 언뜻 베란다 화분 위로 나비들이 날아다니는 것처럼 보였는데, 가까이 가서 보니 나비가 아니라 사랑초 잎이었습니다. 그때까지 사랑초란 식물을 몰랐던 저는 어머니에게 사랑초란 이름을 듣고 매우 궁금했습니다.

'잎 모양이 하트랑 비슷해서 사랑초란 이름이 붙었나?'

하지만 아무리 머리를 굴리고 책을 뒤적여 봐도 정확한 이유는 알 수 없었습니다. 결국 궁금증만 남긴 채 사랑초는 저에게 서서히 잊혀 갔지요. 그 후 얼마나 시간이 흘렀을까요? 어느 날 저는 집 근처 빵집 앞에서 우연히 사랑초와 다시 만났습니다. 그리고 사랑초를 보는 순간 갑자기 떠오른 어머니의 모습. 왠지 모르게 기분이 좋고 행복해졌습니다.

어느새 저와 사랑초, 그리고 어머니가 하나의 끈으로 이어지는 느낌이 들었고, 어머니가 늘 보여 주시던 미소가 사랑초를 통해 저에게 전해져 왔습니다.

'아, 이래서 이름이 사랑초구나.'

사랑초. 너무나도 사랑스러운 이름을 가진 이 식물의 공식 명칭은 옥살리스*Oxalis*입니다. 명확하게 구분하자면 사랑초는 옥살리스 중에서도 보라색 잎의 품종만을 가리키는 이름이지요. 'Oxalis'는 그리스어로 '시다'라는 뜻인데, 잎과 줄기를 깨물면 신맛이 나서 붙여진 이름입니다. 예로부터 옥살리스의 이 신맛을 뱀처럼 독을 가진 동물들이 매우 싫어해서 사람들이 호신용으로 옥살리스를 가지고 다니기도 했답니다.

옥살리스는 아열대 지방이 고향이며, 품종에 따라 잎의 색깔과 무늬가 약간씩 다릅니다. 우리에게는 잎 색깔이 보라색인 품종*Oxalis triangularis*, 즉 사랑초가 가장 친숙하지만 이 외에도 잎 색깔이 녹색인 품종, 한 잎에 녹색과 보라색이 함께 있는 품종을 비롯해 다양한 품종이 있습니다.

사랑은 나로부터
너에게 가는 것

사랑초에 대해 이야기할 때 가장 흥미로운 부분은 밤낮으로 달라지는 잎과 꽃의 모습입니다. 정확하게 말하면 빛의 양에 따라 달라지는 모습이라고 할 수 있을 텐데요. 우선 햇빛이 환하게 비치는 낮에 사랑초를 쳐다보세요. 조그만 꽃은 활짝 피어 있고, 잎 또한 나비 날개처럼 활짝 펼쳐져 있습니다. 햇빛이 쨍쨍 내리쬐는 마당에서 신나게 뛰어노는 아이들의 모습이지요.

하지만 해가 지고 사방이 어스레해졌을 때 다시 한번 사랑초를 쳐다보세요. 활짝 피어 있던 꽃은 몸을 움츠리고, 잎 또한 나비가 날개를 접듯 얌전히 포개고 있습니다. 밤이 되어 밀려오는 졸음에 꾸벅꾸벅 조는 아이의 모습이지요.

사랑초는 이런 행동을 하루도 빠짐없이 매일 반복합니다. 싫든 좋든 아침에 일어나 하루 종일 일을 하고 밤에 잠이 드는 사람들처럼 사랑초 또한 자신만의 라이프사이클에 따라 하루를 보내고 일생을 보냅니다.

'사랑'이란 단어는 어떻게 정의하면 좋을까요? 궁금한 마음에 사랑초에게 물어보지만 사랑초는 묵묵부답, 아무런 반응이 없습니다. 단 하나 힌트를 남길 뿐인데, 그 힌트는 바로 꽃말. '당신을 버리지 않아요'입니다. 사랑은 너에게서 나로 오는 것이 아니라, 나에게서 너로 간다는 것을 알려 주지요.

그러고 보니 사랑초의 꽃말이야말로 진정한 사랑의 정의일지도 모르겠습니다. 저는 과연 오늘 누구에게 사랑을 전할 수 있을까요? 평생 동안 얼마나 많은 사람에게 사랑을 전할 수 있을까요? 오늘도 저는 사랑초를 보며 어머니에게 받은 사랑을 떠올립니다. 그리고 저의 사랑을 기다리고 있을 수많은 사람의 얼굴을 떠올려 봅니다.

공들인 시간만큼 소중하다

백일홍 — Zinnia

백 일,
일단락되는 기간

곰과 호랑이가 환인의 아들 환웅에게 와서 사람이 되게 해
달라고 빌었습니다. 환웅은 이들에게 신령스러운 쑥 한 줌과
마늘 스무 쪽을 주면서 이것을 먹고 백 일 동안 햇빛을 보지 않
으면 사람이 될 수 있다고 일렀습니다. 곰은 잘 참고 삼칠일 만
에 여자의 몸이 되었지만, 호랑이는 참지 못하여 사람이 되지
못했습니다.

단군신화의 이 이야기를 읽을 때마다 저는 늘 '백 일'이란

부분에 눈이 머뭅니다. 왜 하필 한 달도 아니고 일 년도 아니고, 딱 백 일이었을까요? 백과사전에서는 '백 일'에 대해 이렇게 기록하고 있습니다.

"백 일은 성수成數의 1극점一極點이며 범물완성凡物完成의 일대 단락을 표상하는 것이다."

말이 좀 어렵기는 하지만, '백 일'이라는 기간을 통해 하나의 상황 혹은 사물이 일단락을 짓고 완성된다는 뜻일 텐데요. 따라서 태어난 지 백 일째 되는 아기에게 주는 '백일상'이라든가 아기를 갖기 위해 조상들이 드렸던 '백 일 기도'라든가 사람이 죽은 지 백 일째 되는 날 드렸던 '백일재百日齋' 등도 모두 같은 맥락에서 그 의미를 읽어 낼 수 있을 것 같습니다.

'백 일'이라는 기간을 통해 아기는 한 명의 완전한 존재로 거듭나고, 아기를 원하는 기도는 그 뜻이 하늘에 닿고, 죽은 사람은 하늘나라의 새 생활을 잘 시작했으면 좋겠다는 바람이 담겨 있는 것이겠지요.

죽어 꽃으로 피어난
아내

'백일홍百日紅'은 백 일 동안 붉은 꽃을 피운다 하여 붙은 이름입니다. 한여름 뜨거운 햇볕 아래에서 백일홍은 마치 동굴 속 곰이라도 된 듯이 꿋꿋하게 백 일을 지키며 꽃을 피웁니다. 요즘은 품종 개량을 통해서 다양한 색깔의 백일홍도 생겨났지만, 그래도 역시 백일홍은 빨간 꽃일 때 가장 돋보입니다.

혹시 백일홍에 얽힌 이야기를 알고 계시나요? 배를 타고 괴물을 죽이러 떠나는 남편이 아내에게 이렇게 말합니다.

"내가 돌아올 때 배의 돛이 빨간색이면 죽은 것이고, 흰색이면 산 것이니 그렇게 아시오."

하루도 빠짐없이 바닷가에서 남편을 기다리던 아내는 백일째 되는 날, 드디어 돌아오는 남편의 배를 발견합니다. 하지만 배에는 흰 돛이 아니라 빨간 돛이 올려져 있었고, 이에 실망한 아내는 그 자리에서 그만 쓰러져 죽고 맙니다. 그런데 곧 육지에 도착한 배에는 남편이 타고 있었습니다. 돛이 빨간색이었던 것은 괴물을 죽일 때 튄 핏방울이 돛을 붉게 물들였기 때문이었지요.

그러나 이미 때는 늦었습니다. 죽은 사람이 다시 살아날 리 없습니다. 그 대신 아내가 죽은 자리에서는 꽃이 피어났습니다. 백 일을 하루같이 남편을 기다렸을 아내의 간절함, 자신의 실수로 아내가 죽은 걸 괴로워하는 남편의 애절함. 이 모든 감정을 담은 빨갛고 빨간 백일홍이 피어났습니다.

아이들이 좋아하는 꽃

백일홍은 꽃에 얽힌 전설만 보면 우리 고유의 꽃 같지만 실제로는 멕시코가 고향입니다. 멕시코에서 16세기 이전부터 재배되었고, 18세기 중반 유럽에 들어와 19세기 말이 되어서야 미국을 중심으로 전 세계에 퍼지게 되었습니다.

이름 또한 우리나라에서는 '백일홍'이라 부르지만, 서양에서는 전혀 상관없는 '지니아Zinnia'로 부르고 있습니다. 지니아라는 이름은 독일 괴팅겐대학의 식물학 교수였던 요한 고트프리드 진Johann Gottfried Zinn으로부터 유래한 것인데, 이 식물학자가 맨 처음 백일홍을 국화과 식물에 포함시켰기 때문입니다.

백일홍은 아이들과 함께 심으면 참 좋은 꽃입니다. 큼지막하고 밝은 색의 꽃이 아이들 눈에 금세 뜨일 뿐만 아니라, 오랫동안 시들지 않아 아이들이 잊지 않고 꾸준히 관심을 보입니다. 화분에 백일홍을 심을 때는 백일홍만 심어도 예쁘지만, 다른 식물들과 함께 심는 것도 재미있습니다.

다른 색의 꽃을 함께 심으면 알록달록하게 어울린 색깔들이 보기 좋고, 녹색의 관엽식물을 함께 심으면 작은 숲속에 들어온 것 같아 절로 기분이 좋아집니다. 시든 꽃을 빨리 따 주기만 하면 다른 꽃봉오리에서 계속해서 꽃이 나와 여름을 지나 가을까지도 환한 꽃밭 속에서 살 수 있습니다.

무언가가 우리에게 소중한 이유

백일홍을 보려고 마당에 나왔습니다. 그런데 왠지 오늘따라 백일홍의 예쁜 꽃이 더더욱 예뻐 보입니다. 마늘과 쑥만 먹으며 굴 속에서 버텼던 곰처럼, 돌아올 남편을 매일 바닷가에서 기다렸던 아내처럼 그렇게 백 일 동안 꽃을 피우는 백일홍의 마음씨가 제게 전해진 것 같습니다.

백일홍의 이 마음씨가 백일홍을 보는 아이들에게도 전해질 수 있다면 얼마나 좋을까요? 생텍쥐페리의 『어린 왕자』에서 어린 왕자는 자신의 별 B612혹성에 있는 장미가 그 꽃을 위해 자신이 공들인 시간 때문에 소중한 존재란 걸 깨닫습니다.

모든 것이 너무나 흔하고 돈만 있으면 금세 자기 것으로 만들 수 있는 세상에서 진짜 소중한 것은 단지 돈으로 살 수 없으며, 때로는 힘들더라도 인내심을 갖고 참아야만 얻을 수 있다는 사실을 아이들이 알 수 있다면 정말 좋겠습니다. 소중한 일일수록 정성이 필요하고 시간이 걸린다는 것을 아이들이 백일홍을 보며 깨닫기를, 한여름 땡볕 아래 서 있는 백일홍처럼 우리 아이들이 활짝 피어나기를 기대해 봅니다.

오리무중을 즐기다

안개초 — Baby's breath

척박해도
좋아요

이제는 우리나라에서도 물을 사 마시는 게 흔한 일이 되었지만, 한 20년 전쯤 유럽에 다녀온 사람들은 그때부터 물 사 먹는 이야기를 많이 했습니다. 유럽에서는 물속에 석회 성분이 많기 때문에 그냥 먹으면 배탈이 난다는 것이었지요.

유럽의 물 사정이 이렇게 된 것은 무엇보다 유럽 대륙의 지층에 석회질이 많기 때문입니다. 석회질 토양은 바다의 플랑크톤이나 조개 등의 화석이 퇴적되어 만들어지는데, 지하수가 이

토양을 거치면서 물속에 석회 성분이 남게 된 것입니다.

하지만 그렇다고 이런 석회질 토양에 반드시 나쁜 면만 있는 것은 아닙니다. 전 세계 수많은 사람이 즐겨 마시는 와인. 그 와인의 재료가 되는 포도 열매는 기름지고 비옥한 일반 토양보다 딱딱하고 척박한 석회질 토양을 좋아합니다. 석회질 토양에서 만들어진 포도 열매만이 최고의 와인 맛을 낼 수 있지요.

향기로 우리 삶을 즐겁게 해 주는 허브 식물들도 마찬가지입니다. 세이지, 히숍, 라벤더, 레몬밤, 마조람, 로즈마리, 타임 등 많은 허브 식물도 남유럽의 석회질 토양이 고향입니다. 누가 보더라도 척박하고 열악한 환경이지만, 허브 식물은 오히려 그 속에서 자신만의 아름다운 향기를 마음껏 만들어 냅니다.

넉넉하고
푸근한 느낌 가득

안개초. 이 식물 또한 포도나무나 허브 식물들처럼 석회질 땅을 좋아합니다. 학명 '집소필라*Gypsophila*'에서 'Gypso'가 석회를, 'phila'가 사랑한다는 뜻을 담고 있으므로, 안개초가 석회를 사랑하는 식물이란 건 금세 알 수 있습니다.

안개초에는 한해살이풀과 여러해살이풀, 이렇게 두 종류가 있습니다. 코카서스 지역이 고향인 한해살이 안개초*Gypsophila elegans*가 한 번 꽃이 핀 다음 시들어 버리는 반면, 지중해 연안이 고향인 여러해살이 안개초*Gypsophila paniculata*는 하얗고 작은 꽃을 매년 같은 시기에 피웁니다.

이 두 종류 가운데 우리에게 더 친숙한 쪽은 여러해살이 안개초입니다. 꽃꽂이나 꽃다발에서 흔히 볼 수 있는 안개초가 바로 이것인데, 가늘고 여려 보이는 가지에 다닥다닥 꽃이 붙어 있는 모습은 이름 그대로 뿌연 안개 속을 떠오르게 합니다.

저는 가끔 아이들과 안개초로 수업을 할 때마다 이 꽃의 이름이 왜 안개초인지 아이들에게 물어봅니다. "꽃이 모여 있는 모습이 안개 같아서요"라고 대답하는 아이도 가끔 있지만, 대부분 뭐라 대답해야 할지 몰라 우물쭈물합니다. 그러면 저는 안개초 다발을 아이들의 얼굴에 바싹 대 주고, 뭐가 보이는지 어떤 향기가 나는지 느껴 보도록 합니다.

아이들은 갑자기 눈앞이 뿌예지니 처음에는 당황하지만, 서서히 자신만의 방식으로 안개초를 받아들입니다. 안개초로 꽃꽂이도 하고 꽃다발도 만들면서 안개초가 만드는 '안개'를 즐겁니다. 저는 안개초로 수업을 할 때는 대개 다른 꽃과 섞지 않으려고 하는데, 그래야만 안개초의 진짜 모습이 보일 것 같아서입니다. 물론 안개초가 꽃꽂이나 꽃다발에만 쓰이는 것은 아닙니다. 다른 식물들처럼 화분에 심어도 꽤 보기 좋습니다. 꽃꽂이나 꽃다발 속 안개초만큼이나 화분 속 안개초도 넉넉하고 푸근한 느낌을 전해 줍니다.

인생에는 표지판이
없지만

안개초에 살며시 얼굴을 대어 봅니다. 촉촉하고 폭신한 안개 방울들이 입과 코를 스쳐 지나 갑니다. Baby's breath란 영어 이름처럼 아기의 숨결이 얼굴을 간질이는 것만 같습니다. 이제 몇 발자국 뒤로 물러나 얼굴을 간지럽히던 그 숨결을 바라봅니다. 어느새 안개는 얼기설기 복잡한 선들로 모양을 바꾸었습니다. 아기의 숨결은 사라지고, 온통 풀과 나무뿐인 숲이 되어 버렸습니다.

'오리무중'이란 말은 바로 이런 안개의 숲을 보고 생겨났을

지도 모릅니다. 생각해 보면 오리무중이기는 안개초 속이나 우리 인생이나 마찬가지입니다. 우리의 인생 그 어디에도 방향 표지판이나 신호등이 없으니까요. 왼쪽으로 가면 낭떠러지가, 오른쪽으로 가면 막다른 길이 우리를 기다릴 것 같습니다.

하지만 눈을 감고 상상해 보세요. 석회질 토양은 사람이 마시는 물을 만드는 데는 최악의 조건이지만, 식물들이 훌륭한 맛과 향을 내는 데는 최고의 조건입니다. 아무것도 안 보여서 막막하고 두려운 안갯속이지만, 그렇기에 오히려 우리는 손을 잡을 수 있습니다. 사랑하는 남편, 아내, 그리고 아이들과 함께 손을 잡고 한 발 한 발 내딛습니다.

앞쪽으로 천길만길 낭떠러지이면 어떻습니까? 살짝 디뎌 보고 옆으로 가면 되지요. 옆쪽이 막혀 있으면 어떻습니까? 이번에는 뒤돌아 가면 됩니다. 짙은 안개, 오리무중이야말로 가족의 진한 사랑을 느끼고 생명의 숨결을 키워 나갈 수 있는 좋은 기회가 아닐까요?

싸우지 말아요

콜레우스 ─ Flame nettle

피부색은 그저
피부색일 뿐

이 세상에는 여러 가지 피부색이 존재합니다. 거칠게 구분하면 황인종, 흑인종, 백인종, 이렇게 세 가지 피부색으로 나눌 수 있습니다. 하지만 실제로는 이 세 가지 색이 섞이고 섞여 딱 한 가지로 얘기할 없는 수많은 피부색이 만들어졌습니다.

문득 어릴 적 들었던 피부색에 대한 우스갯소리 하나가 생각납니다. 하느님이 흙을 빚어 사람을 만들었는데, 빚은 다음 가마에 넣고 구울 때 너무 구운 사람은 흑인, 덜 구운 사람은 백인, 적당히 구운 사람은 황인이 되었다는 이야기.

정말로 사람의 피부색이 이렇게 정해진 것이라면 얼마나 재미있을까요? 사람들은 자신과 다른 피부색을 보며 덜 구워졌네, 더 구워졌네 놀렸겠지요. 하지만 사람의 피부색은 그런 방법으로 정해지지 않았습니다. 현대인의 또 다른 종교인 과학이 밝혀낸 바로는 사람 몸에 있는 멜라닌Melanin 색소의 많고 적음에 지나지 않습니다. 멜라닌 색소가 많은 사람일수록 피부색이 짙어지고, 적은 사람일수록 옅어질 뿐이지요.

색깔 전시회에
초대합니다

콜레우스는 고향인 열대, 아열대 지역에서는 여러해살이풀입니다. 하지만 우리나라처럼 추운 겨울이 있는 곳으로 오면서 한해살이풀로 바뀌었습니다. 추운 겨울을 넘기지 못하고 죽어버리니 자연스레 생태가 바뀐 것이지요.

콜레우스를 볼 때 가장 먼저 눈에 들어오는 것은 무엇보다 형형색색의 잎입니다. 콜레우스는 초록, 빨강, 분홍, 보라, 노랑을 비롯해 다양한 색깔을 우리에게 선보입니다. 너무나 선명한 잎들의 색깔이 때로는 물감을 칠해 놓은 것이 아닐까라는 의심이 들게 할 정도지요. 하지만 콜레우스가 보여 주는 색깔이 단지 도화지에 칠해진 크레용 색깔처럼 단순했다면 아마도 그건 큰 매력이 되지 못했을 겁니다.

콜레우스의 진짜 매력은 분명 같은 색이건만 볼 때마다 그 느낌이 다르다는 점입니다. 햇빛이 쨍쨍 내리쬐는 날과 꾸물꾸물 구름이 낀 날, 혼자 있을 때와 무리 지어 있을 때, 밝은 색 화분에 있을 때와 어두운 색 화분에 있을 때, 콜레우스끼리 모여 있을 때와 다른 식물과 함께 있을 때 저마다 색깔이 다릅니다. 초여름에서 가을까지 열리는 콜레우스의 색깔 전시회를 보다 보면 자연이 만들어 낸 색깔이 얼마나 아름답고 풍요로운지 새삼 감탄하게 됩니다.

잎은 잎, 꽃은 꽃

콜레우스에게 꽃의 존재는 미미하기만 합니다. 잎이 이야기의 흐름을 주도하는 주연 배우라면 꽃은 이야기의 빈틈을 메

위 주는 조연 배우 정도라고나 할까요? 그러다 보니 사람들은 잎을 위해 꽃을 잘라 버리기도 합니다. 꽃으로 갈 영양분을 잎으로 가게 해서 더욱 멋진 잎을 만들려는 것이지요.

그러나 단지 한 철 사람의 눈을 즐겁게 하기 위해 식물의 본능을 거스른다는 게 그리 마음이 편치만은 않습니다. 잎의 '화려함'을 보려고 꽃의 '평범함'을 잘라 내느니 그냥 콜레우스 그대로의 모습을 즐기는 것도 괜찮을 것 같습니다.

콜레우스의 학명인 'Coleus'도 실은 수꽃술의 모양을 뜻하는 그리스어 'Koleos[칼집]'에서 나왔습니다. 잎을 보겠다고 꽃을 무시해 버리기에는 아무래도 콜레우스에게 미안합니다.

모두 다 어깨동무

아이들에게 숲속을 그려 보라고 하면 거침없이 크레용을 집어 듭니다. 마치 머릿속에 숲이 들어 있기라도 하듯이 금세 나무며 풀을 그려 나갑니다. 잠시 후 도화지 위에는 현실의 숲과 상상의 숲이 함께 어우러집니다. 그 속에는 어느 하나 같은 모양의 나무도 없고 같은 색깔의 풀도 없지만, 모두 자연스럽게 조화를 이룹니다. 이보다 더 아름다울 수 없는 아이들만의 숲입니다.

그런데 그 숲 한가운데를 가만히 살펴보면 큰 나무들 사이로 보일 듯 말 듯 키 작은 콜레우스가 눈에 뜨입니다. 아이들은 과연 콜레우스를 알고 그린 걸까요? 물론 그랬을 리 없습니다. 단지 아이들 마음속에 콜레우스가 들어와 있을 뿐이지요. 아이들이 본 콜레우스는 그 잎이 빨간색이든 초록색이든, 크든 작든, 무늬가 있든 없든 모두 다 어깨동무를 하고 있습니다. 모든 게 함께 있을 때 비로소 아름답다는 진리를 콜레우스가 아이들에게 보여준 것입니다.

그러고 보면 천 년 만 년 살려고 애쓰는 우리 인간은 일 년만 살고 세상을 떠나는 콜레우스보다 훨씬 단수가 낮은지도 모르겠습니다. 단지 모습이 다르다는 이유로 서로 미워하고 싸우고, 심지어 죽이기까지 하는 게 우리 인간이니까요.

식물들이 볼 때는 쓸데없는 이유로 지금도 어디선가 싸우고 있을 인간들. 그들 앞에 조그만 콜레우스 화분을 하나 건네주고 싶습니다.

또 다른 세상을 꿈꾸며

만데빌라 — Mandevilla

겪어 봐야 아는 세계

〈센과 치히로의 행방불명〉은 일본의 미야자키 하야오 감독이 만든 애니메이션 영화입니다. 우리나라에서도 개봉해 꽤 많은 인기를 끌었지요. 영화는 열 살짜리 소녀 치히로가 엄마, 아빠와 함께 미지의 세계로 들어가 다양한 모험을 하며 정신적으로 성숙해진다는 내용입니다.

영화의 시작 부분. 이사를 가던 치히로의 가족은 산속에서 처음 보는 터널을 발견합니다. 치히로와 엄마, 아빠는 호기심 반, 두려움 반으로 차에서 내려 터널로 들어가지요. 터널을 통과하자 이 가족을 기다리고 있는 건 새로운 세계입니다. 시공을 초월한 듯 현실과는 전혀 다른 세계. 이야기는 바로 이곳에서 시작됩니다.

영화 속에서 치히로가 경험하는 공간이 현실의 세계인지 꿈의 세계인지는 사실 그 누구도 알 수 없습니다. 영화를 만든 미야자키 하야오 감독도 모르지 않을까요. 아주 먼 옛날 장자莊子의 일화처럼 현실과 꿈의 구분이란 모호한 것이니까요.

그럼에도 단 하나 자신 있게 말할 수 있는 것이 있습니다. 터널로 인해 이쪽 세상과 저쪽 세상이 나누어졌다는 것, 그리고 터널을 통해 이쪽 세상과 저쪽 세상이 연결되었다는 것입니다. 우리가 세상에 대해 알고 싶다면, 그리고 어느 쪽이 꿈이고 어느 쪽이 현실인지 궁금하다면 터널에 직접 들어가 보는 수밖에 없습니다. 직접 발을 내딛어 터널을 통과해 봐야만 터널 저편에 어떤 세상이 있는지, 이쪽 세상과 저쪽 세상이 어떻게 다른지 알 수 있습니다.

거침없이 쭉쭉

몇 해 전 여름에 있었던 일입니다. 느긋하게 꽃시장을 구경하고 있는데 멀리에 있는 꽃 하나가 눈에 들어왔습니다. 궁금한 마음에 가까이 다가가 보니 그 꽃은 다름 아닌 만데빌라. 더위에 지치지 않고 새빨간 꽃을 활짝 피우고 있었습니다.

저는 마음에 드는 만데빌라 화분을 하나 골라 집에 데려왔는데, 그 만데빌라도 제가 마음에 들었나 봅니다. 집에 돌아와 베란다 한쪽 구석에 내려놓자 보답이라도 하듯 여름 내내 예쁜 꽃을 피워 주었습니다. 만데빌라의 넘치도록 충만한 에너지 덕분에 그해 저의 여름은 지겹지 않았고, 가을 또한 기대감으로 맞이할 수 있었습니다.

그런데 만데빌라와 함께 한 계절을 보내다 보니 이 식물에게는 새빨간 꽃 이외에 또 다른 매력이 있다는 걸 알 수 있었습니다. 다른 식물의 줄기든 덩굴용으로 세운 기둥이든 붙잡고 기댈 곳이라면 어디든 타고 올라가는 줄기. 이것이야말로 만데빌라의 진짜 매력이었습니다.

공간의 크기와 관계없이 앞뒤, 좌우, 위아래로 자신의 영역을 넓혀 나가는 모습. 언뜻 얼기설기 얽혀 있는 모습이 정신없어 보일 수도 있지만, 그건 단지 사람의 눈으로 봤을 때의 이야기. 만데빌라에게는 또 하나의 공간, 또 하나의 세상이 생겨나는 것이었습니다. 줄기가 만들어 준 입체적인 공간 덕분에 만데빌라의 새빨간 꽃은 더욱 신비로워 보였고, 새빨간 꽃으로 인해 공간 또한 더욱 깊은 맛을 낼 수 있었습니다.

주문을
기억해 봐

도시의 아이들은 미지의 공간에 가 볼 기회가 별로 없습니다. 늘 현실 속에 머물러 현상現狀만을 바라봅니다. 가끔씩 '체험'이란 이름으로 다른 곳에 가 보기도 하지만, 그 또한 '연출되고 만들어진' 또 다른 현실일 뿐입니다. 따라서 아이들에게는 주문이 필요합니다. 미지의 공간, 익숙하지 않은 공간으로 이어지는 터널을 찾는 주문이 필요합니다.

다행히 아이들은 그 주문을 알고 있습니다. 다만 잠시 잊었을 뿐이지요. 아빠와 놀다가 기억할 수도 있고, 그림책을 보다가 기억할 수도 있습니다. 엄마와 목욕을 하다가 기억할 수도 있고, 잠자리에서 옛이야기를 듣다가 기억할 수도 있습니다.

주문을 기억해 낸 아이는 조심스레 주문을 웁니다. 잠시 후 어디선가 터널로 들어가는 깜깜한 입구가 보이고, 아이는 한 걸음 한 걸음 발을 들여놓습니다. 두근거리는 마음으로 한참을 걸어 드디어 터널을 통과하면, 그곳에는 숲이 있습니다. 빨간 꽃이 만발한 만데빌라의 숲입니다.

만데빌라에 다가가 꽃의 향기를 맡자 아이의 몸에서 이야기가 자라기 시작합니다. 아직 가 보지 않은 미래의 이야기가 아이의 온몸에서 자라고 또 자라납니다. 아이의 현실이 꿈이 되고, 아이의 꿈이 현실이 되는 바로 그 순간입니다.

잠깐 이야기

아이와 반려식물

아이에게 식물이 왜
필요할까요?

언제부터인가 우리나라에서도 '공기정화 식물'이란 단어가 생소하지 않게 되었습니다. 공기정화 식물은 '실내 공기 속에 있는 각종 오염물질이나 유해물질 등을 정화해 실내 환경을 쾌적하게 하는 식물'을 뜻하는데요. 지금처럼 공기정화 식물의 인기가 높아진 데는 아토피가 단단히 한몫을 했다고 생각합니다. 아토피로부터 아이들을 지키는 대안 가운데 하나로 공기정화 식물이 뽑힌 것이지요.

물론 이 대안은 아주 훌륭합니다. 미항공우주국NASA에서도 식물의 이런 공기정화 효과를 공식적인 데이터로 발표했을 정도니까요. 하지만 저는 공기정화 식물의 인기가 왠지 찜찜합니다. 안 그래도 세상의 모든 가치가 효율성과 실용성에 맞춰져 있는 지금, 식물마저 공기정화라는 '기능'에만 초점이 맞춰질까 봐 두렵습니다.

사실 식물이 공기를 정화하는 일은 우리 인간이 숨을 쉬고 용변을 보는 것과 같습니다. 그저 식물이 나름대로 살아가는 모습일 뿐 인간을 위한 특별한 행동이 아닙니다.

그래서 저는 식물이 우리에게 필요한 이유를 좀 더 본질적인 부분에서 찾아야 하며, 특히 아이들에게 어떤 영향을 끼치는지 어른들이 고민해 봐야 한다고 생각합니다. 저 또한 여러 해 동안 아이들과 함께 식물을 심으며 많은 것을 느꼈습니다. 아이들이 집 안에서 식물을 키워야 하는 이유는 뭘까요?

세상과 관계 맺는 연습이 필요합니다

세상은 혼자서는 살 수가 없습니다. 아이들은 점점 커 가면서 자기 이외의 그 어떤 것과 마주해야 하는 상황에 부딪힙니다. 이제껏 자기만이 세상의 중심이었지만, 어느 순간 중심의 위치 이동이 일어나게 되는 거지요.

아이들은 작은 식물을 심고 키우는 과정을 통해 자기 이외의 또 다른 생명과 소통하는 법을 배웁니다. 식물은 말이 없습니다. 물이 부족하든 넘치든, 햇빛이 부족하든 넘치든 그저 말 없이 모습으로 보여 줄 뿐입니다. 그래서 끊임없는 관심과 관찰이 필요합니다. 아이가 식물에게 사랑을 주는 만큼 식물 또한 아이에게 사랑을 줍니다. 아이는 식물과 사랑을 주고받으며 서서히 세상으로 나아가는 연습을 할 수 있습니다.

생명의 신비를 느낄 수 있는 기회가 필요합니다

요즘 아이들은 '생명'에 대해 진지하게 생각해 볼 기회가 없습니다. 그런 것을 생각할 여유 없이 세상은 바쁘게 돌아갑니다. 무엇이 더 중요한지 헷갈립니다. 이런 세상일수록 '생명'은 놓치지 말고 아이들에게 전해 줘야 할 키워드입니다.

식물은 개나 고양이 같은 동물과 다릅니다. 우리에게 다가와 귀엽게 행동하지 않습니다. 그저 자기 자리를 지킬 뿐이고, 죽기도 쉽습니다. 하지만 이렇게 작고 약한 식물도 하나의 생명입니다. 가만히 살펴보면 울기도 하고 웃기도 합니다. 아이들은 식물을 보며 생명을 느낄 수 있습니다. 살아 있는 모든 것은 소중하다는 가치관도 자연스레 갖게 됩니다.

가까이에서 자연의 아름다움을 느낄 수 있습니다

흔히들 자연을 자주 접하는 것이 좋다고 말합니다. 하지만 현실은 어떤가요? 도시의 콘크리트 속에 갇혀 살면서 자연을 접하기란 그리 쉬운 일이 아닙니다. 밖으로 나가려 해도 큰마음 먹고 시간을 내야 하고, 돈을 들여야 합니다.

이런 상황에서 가장 현명한 방법은 하루 종일 생활하는 공간 안에 '자연'을 가져오는 것입니다. 집 안에 식물을 들여놓는 거지요. 아이들에게 진정한 '자연스러움', 자연의 '아름다움'을 알려 주는 데 이보다 더 좋은 방법은 없습니다.

상상력을 담아낼 수 있는 무언가가 필요합니다

아이들의 눈을 가만히 들여다보세요. 반짝입니다. 그 반짝이는 눈 속에는 상상력이 넘칩니다. 어른이 강요하지 않는 한 고정관념이나 선입견도 없습니다. 아이들은 시도 때도 없이 엉뚱한 소리를 하고 소란스럽게 행동합니다.

어른들에게는 너무나 정신없어 보이는 이런 모습들이야말로 아이들의 상상력이 팔딱팔딱 뛰고 있다는 증거입니다. "심심해"를 연발하는 아이에게는 넘치는 상상력을 채워 줄 그 무엇인가가 필요합니다.

화분은 살아 움직이는 캔버스입니다. 식물을 심고 화분을 꾸미면서 아이는 자기만의 상상력을 맘껏 발휘할 수 있습니다. 식물이 점점 자라면서 변해 가는 캔버스를 보며 아이의 눈은 호기심으로 더욱 반짝이게 됩니다.

타고 난 감각 기관을 계발해야 합니다

아이는 화분에 식물을 심으며 꽃과 잎을 보고 만집니다. 꽃잎의 보드라운 촉감도 느끼고, 잎의 울퉁불퉁한 질감도 느낍니다. 자연스레 식물의 향기와 흙 내음도 맡게 되지요. 그리고 무엇보다 가만가만 조용히, 하지만 또렷하게 내는 식물의 소리를 듣게 됩니다.

아이들에게는 외부의 어떤 자극이든 쉽게 받아들여 자기 것으로 만드는 재주가 있습니다. 아이들 시기에는 아직 감각 기관이 완성되지 않았기에 어떻게 계발하느냐에 따라 더욱 발전해 갈 여지가 있습니다.

이 세상에는 아이들이 해야 할 일이 넘쳐 납니다. 몸이 두 개라도 부족할 정도로 바쁩니다. 하지만 아이의 뒷모습을 가만히 바라보세요. 무엇을 할 때 우리 아이가 가장 행복해했나요? 아이가 무엇을 할 때 엄마, 아빠는 가장 행복했나요?

식물도 반려동물처럼 얼마든지 서로 의지하고 보듬어 주는 관계가 될 수 있습니다. 그래서 '반려식물'이라는 말이 전혀 어색하지 않지요. 아이와 함께 반려식물이 자라는 모습을 보면서, 어른과 아이가 함께 그 답을 찾아갈 수 있다면 그보다 더 좋을 수는 없을 것 같습니다.

반려식물과 가까워지는 몇 가지 방법

하나. 함께 식물 사러 가기

아이가 식물에 관심을 갖게 하려면 어떻게 해야 할까요? 무엇보다 집 안에 식물을 두어야 합니다. 일단 식물이 가까이 있어야 익숙해지고 친해질 수 있으니까요. 집 안 어느 곳에 어떤 식물을 놓을지 아이와 상의한 다음 함께 식물을 사러 가 보세요. 동네에 있는 꽃집에 가도 좋고, 차를 타고 꽃시장에 가도 좋습니다.

자, 이제 꽃시장에 도착했습니다. 어느 가게에서 어떤 식물을 골라야 할까요? 정답은 없습니다. 그저 중요한 것은 여유 있게 즐기는 마음. 빨리 사야겠다는 마음을 버리고 그냥 즐기면서 쭉 한 바퀴 도세요. 그러다 어느 한군데 눈이 가는 곳이 있으면 그곳에 머물러 구경합니다. 이렇게 돌아다니며 식물을 구경하는 것만으로도 아이에게는 신선한 자극이 되고 즐거운 경험이 됩니다.

보통 꽃시장에는 가게별로 취급하는 식물이 나뉘어 있습니다.

초화(야생화를 제외하고 꽃이 피는 식물을 보통 이렇게 부릅니다) 전문점, 야생화 전문점, 작은 관엽식물 전문점, 큰 관엽식물 전문점, 난 전문점, 선인장과 다육식물 전문점 등으로 구분할 수 있지요.

그렇다면 식물은 어떻게 고르는 것이 좋을까요? 같은 종류의 식물이 나란히 있는 가운데 하나를 고르기란 여간 어려운 게 아닙니다. 우선은 아이가 직접 고르도록 맡겨 보세요. 충분히 시간을 두고 고르도록 한 다음 어떤 기준으로 골랐는지 꼭 물어보세요. 아이 나름의 기준을 확인하고 공감해 주는 게 중요하니까요. 그럼 이제부터 좋은 식물 고르는 요령을 말씀드릴게요.

꽃이 달린 식물을 살 때는 꽃보다 잎을 먼저 보세요

사실 꽃보다 더 중요한 건 잎입니다. 잎이 깨끗하고 빛깔이 선명하면 합격. 그렇지 못한 식물은 물이나 영양분이 부족한 거예요. 뿌리를 다쳤거나 햇빛을 많이 못 받았을 수도 있고요.

뿌리와 줄기가 제대로 자리를 잡았는지 보세요

이건 화분을 살짝 흔들어 보면 금세 알 수 있습니다. 줄기가 너무 건들거리면 불합격. 뿌리가 흙에 제대로 자리를 잡지 못해서 그런 겁니다.

줄기와 가지에 잎이 많이 달려 있는지 보세요

잎이 많을수록 꽃도 많이 피고 건강한 식물입니다. 물론 햇빛을 많이 받았으니 성장도 빠르겠지요. 잎을 하나하나 세어 보는 건 무리겠지만, 그래도 잎이 가장 많아 보이는 식물로 아이가 고르도록 하세요.

꽃의 색깔이 선명한지 보세요

꽃은 같은 종류라도 재배 환경에 따라 색깔이 달라집니다. 너무 덥거나 어두운 곳에서 자란 꽃이라면 원래의 색깔보다 좋지 않지요. 선명한 색깔과 함께, 가지에 꽃이 많이 붙어 있는 것으로 아이가 고르도록 하세요.

참, 물이나 햇빛을 얼마나 좋아하는지, 특별히 주의해야 할 것은 없는지 꽃가게 주인한테 물어보는 것도 절대로 잊지 마세요. 한 생명을 우리 집으로 데려오려 할 때 그때까지 그 생명을 키웠던 주인의 이야기를 들어 보는 자세는 기본 중에서도 기본이랍니다.

둘. 식물과 친해지기

식물을 새로 집에 들여놓으면 처음 며칠은 온 가족이 관심을 가집니다. 하지만 며칠 지나고 나면 자연스레 관심에서 멀어지고, 꾸준히 식물을 지켜보는 건 물 주는 사람뿐입니다. 저처럼 아이들과 식물 심는 일을 하는 사람 입장에서는 어떻게 하면 아이들이 지속적으로 식물에 관심을 가질 수 있을지가 늘 고민입니다.

저는 일주일에 한 번씩 같은 아이들을 만나곤 하는데, 만날 때마다 지난주에 심은 식물 이름이 뭐였는지, 그 식물이 잘 자라고 있는지 물어봅니다. 아이들의 답은 저마다 다릅니다. 잘 자라고 있다고 말하는 아이도 있지만, 죽었다고 말하는 아이도 있습니다.

매주 식물을 하나씩 심으면 한 달에 네 개. 식물을 심어서 가져가는 아이는 좋지만, 집에서 그걸 책임지고 키워야 하는 사람 입장에서는 부담이 되기도 합니다. 그 부담은 대개 엄마의 몫이지요. 그래서 열심히 식물을 심고 나서 집에 안 가져가겠다는 아이도 가끔 있습니다. 왜 그러냐고 물어보면 "엄마가 그만 가져오래요"라고 대답하는데, 그런 경우 뭐라고 대답해야 할지 여전히 고민스럽습니다.

식물을 잘 키우려면 우선 식물과 친해져야 할 텐데, 과연 어떻게 해야 아이들이 집에 가져간 식물과 친해질 수 있을까요?

가장 좋은 방법은 '식물과 대화하기'입니다

저는 아이들에게 식물을 심고 나서 식물이 하는 말을 들어 보라고 합니다. 식물이 무슨 말을 하느냐고 묻는 아이들이 몇 명씩 꼭 있습니다. '나를 뭘로 보는 거야'라는 표정으로 저를 쳐다보는 아이들도 있고요.

하지만 저는 정말 식물이 하는 말이 들립니다. 제가 무슨 초능력을 가져서가 아닙니다. 저와 식물의 마음이 연결되어 있다는 걸 믿는다고나 할까요? 아이들도 그런 믿음을 가지면 식물의 이야기를 충분히 들을 수 있습니다.

아이와 함께 식물을 자세히 살펴봅니다

물론 아무리 노력해도 식물이 하는 말이 들리지 않는 아이도 있습니다. 그럴 때는 함께 식물을 자세히 살펴봅니다. 식물 전체를 살펴보려면 두루뭉술해지고 특징을 잡기 어려우므로 우선 잎만 살펴봅니다. 숨은그림찾기를 하듯 열심히 살펴보고 나면 아이가 식물을 바라보는 눈이 바뀔 수밖에 없지요.

화분을 재미있게 꾸며 봅니다

이밖에 작은 피규어 몇 개를 화분 위에 올려 놓기만 해도 화분은 금세 재미있는 공간으로 바뀝니다. 동물 피규어가 놓인 화분은 정글로 바뀌어서 아이들은 그걸 보며 무궁무진한 이야기를 만들어 낼 수 있습니다. 식물이 아이들의 상상 공간이 되는 셈이지요.

이 글을 읽으시는 분 가운데 '나는 식물을 죽이는 마법의 손을 갖고 있다'라고 믿는 분이 계시다면 우선 식물과 대화를 나눠 보시는 게 어떨까 싶습니다.

식물이 하는 말이 도무지 안 들리면 '나는 들을 수 있다. 들을 수 있다'라고 주문을 외워 보세요. 분명 식물이 자신과 친해지는 방법을 여러분께 알려 줄 겁니다.

셋. 그림책 보기

　요즘은 그림책에 대한 정보가 워낙 다양하고, 국내외의 좋은 그림책들이 많이 출판되고 있습니다. 그래서 아이들이 그림책과 친해지기에 매우 훌륭한 환경이 만들어졌습니다.

　그림책 한 권을 함께 보는 일은 어른과 아이를 하나로 묶어 줄 뿐만 아니라, 어른과 아이가 서로의 세계를 이해하는 데 큰 도움이 됩니다. 벽을 허무는 데 그림책이 큰 역할을 하는 셈이지요. 그런데 같은 그림책을 보더라도 어른과 아이의 보는 법이 다르다는 사실을 알고 계신가요?

　대개 어른은 글 중심, 이야기 중심으로 그림책을 봅니다. 반면에 아이는 그림 중심, 상황 중심으로 그림책을 봅니다. 그래서 어른은 글을 읽고 내용을 이해하면 그림책을 다 봤다고 생각하지만, 아이는 한 장면 한 장면 그림 속에서 새로운 이야기를 찾아내고 만들어 냅니다. 그러다 보니 주인공의 발 밑을 기어가는 개미든 화면 한구석에 조그맣게 놓여 있는 나뭇잎이든 아이에게는 모두 다 주인공이고 이야깃거리입니다. 아이들이 종종 그림책의 그림에서 잘못된 부분을 어른보다 잘 찾아내는 건 바로 이런 이유 때문이지요.

식물이 등장하는 그림책을 봅니다

어느 날, 아이가 보고 있는 그림책 속에 산세비에리아가 등장합니다. 산세비에리아는 마침 얼마 전에 엄마, 아빠와 함께 꽃시장에서 사온 식물입니다. 아이는 그림책 속에 있는 산세비에리아 한번, 거실에 있는 진짜 산세비에리아 한 번, 고개를 돌려 가며 둘을 비교합니다. 그러는 동안 산세비에리아는 '모두'의 산세비에리아에서 '나'만의 산세비에리아가 됩니다.

식물에 관한 이야기를 자연스레 연결해 줍니다

식물이 나오는 그림책만 아이가 식물에 가까워지게 할 수 있는 걸까요? 그렇지는 않습니다. 그림책에서 다루는 다양한 내용들 모두 아이와 식물의 사이를 좀 더 가깝게 만들 수 있습니다.

예를 들어 그림책 가운데에는 태양이 나오는 책들이 많습니다. 저는 이런 그림책을 아이들과 볼 때면 지금 과연 하늘에 태양이 떠 있는지 아이들과 살펴보기도 하고, 만약 태양이 없다면 어떤 일이 벌어질지도 이야기를 나눕니다. 그리고 화분 속에 사는 식물도 햇빛이 없으면 살 수 없다는 이야기로 자연스레 연결해 주지요.

식물도 '친구'라는 개념을 이해시킵니다

친구 이야기가 나오는 그림책들 또한 아이가 식물과 가까워지도록 도와줍니다. 제가 좋아하는 『세 친구』라는 외국 그림책을 예로 들면, 이 그림책에는 돼지와 닭과 쥐가 친구로 등장합니다.

이 셋은 결코 어울릴 수 없을 것 같지만, 서로 조금씩 배려하고 이해하려고 노력한 덕분에 단짝 친구가 됩니다. 저는 이 그림책을 보면서 아이들에게 말해 줍니다.

"우리와 식물은 생김새도 다르고 크기도 다르지만, 세 친구처럼 친구가 될 수 있어. 게다가 우리가 식물보다 힘도 세고 몸집도 크니까 우리가 식물 친구를 도와줘야 해."

제 말을 들은 아이들의 반응은 가지각색이지만, 언젠가 집에서 식물에게 물을 줄 기회가 생긴다면, 문득 제가 했던 말이 떠오를지도 모릅니다.

넷. 식물 잘 키우는 방법 배우기

집에서 살고 있는 식물들의 생김새가 모두 비슷해 보여서 "너희들은 정말 비슷하게 생겼다. 혹시 모두 한 가족이니?" 하고 물어본다면 식물들은 어떤 반응을 보일까요?

"무슨 소리예요! 내 고향은 아시아고, 쟤 고향은 아프리카라고요. 난 아무리 추워도 끄떡없지만, 쟤는 조금만 추워도 벌벌 떨어요. 뭘 보고 우릴 비슷하다고 하는 거죠? 정말 기분 나빠요."

우리 눈에는 모두 비슷해 보이건만 전혀 다르다고 주장하며 속상해하는 식물들. 바로 이 식물의 마음을 이해하는 것이야말로 식물과 가까워지는 첫걸음이자 죽이지 않는 비결입니다.

식물의 성질부터 파악하세요

식물의 성질을 알 수 있는 가장 좋은 방법은 원예도감을 보는 것입니다. 원예도감에는 학명과 분류를 비롯해서 화분 놓는 곳, 물 주는 횟수, 원산지까지 식물에 대한 정보가 자세히 적혀 있습니다.

특히 그중 원산지, 즉 식물의 고향을 아는 것은 매우 중요합니다. 어떤 식물에게는 왜 물을 자주 주면 안 되는지, 어떤 식물은 왜 햇빛보다 그늘을 좋아하는지 모두 원산지를 아는 것만으로 쉽게 이해할 수 있습니다.

우리 집의 환경을 살펴보세요

우리가 생활하는 집 안의 환경은 각각 다릅니다. 하루 종일 볕이 잘 드는 집도 있지만, 오후가 되어서야 볕이 드는 집도 있습니다. 집 안이 너무 건조해서 항상 가습기를 틀어 놓아야 하는 집도 있지만, 바람도 잘 통하고 기분이 상쾌해지는 집도 있습니다. 따라서 같은 식물이라도 집집마다 키우는 방법이 같을 수는 없습니다.

식물을 잘 키우려면 끊임없이 관심을 갖는 수밖에 없습니다. 여러분 중에서 혹시 집 안의 식물이 잘 죽어서 고민인 분이 계시다면 지금부터 식물에게 좀 더 관심을 갖고 잘 대해 주세요. 식물에게 사과를 하고 싶은 분은 하셔도 좋고요. 아마 앞으로는 어떤 식물이든 쉽게 죽는 일은 없을 겁니다.

작은 식물 사전

과꽃

China aster

사랑한다, 사랑하지 않는다,
사랑한다, 사랑하지 않는다….

괴테의 희곡 『파우스트』에서 순결한 처녀 그레트헨은 과꽃으로 사랑점을 칩니다.

결과는 어떻게 되었을까요?

- 학명   *Callistephus chinensis*
- 분류   국화과 한해살이풀
- 원산지   중국
- 화분 놓는 곳 햇빛이 잘 드는 곳. 실내보다는 바깥이 좋습니다.
- 물 주기   화분 겉흙이 말랐을 때
- 꽃말   사랑의 승리
- 그림책 한 권 이주홍. 김동성. 『메아리』. 길벗어린이, 2001
            가족에 대한 추억은 세월이 지나 헤어짐이 시작되면서 비로소 가슴속에 자리 잡는 것
            같습니다. 오늘 가족이 함께 심은 꽃 한 송이 또한 먼 훗날 추억의 메아리로 돌아오겠
            지요.

관음죽

Bamboo palm

해피트리, 녹보수, 금전수 같은 식물은

복을 기원하는
의미가 있어

선물로 많이 쓰입니다.
하지만
원조는 누가 뭐래도

관음죽!

- 학명   *Rhapis excelsa*
- 분류   야자과 나무
- 원산지   중국 남부
- 화분 놓는 곳   그늘, 반그늘
- 물 주기   화분 겉흙이 말랐을 때
- 특징   반그늘에서도 잘 자라므로 실내에서 키우기 좋습니다.
- 꽃말   세련된 숙녀
- 그림책 한 권   일라이자 바톤, 테드 르윈, 『페페, 가로등을 켜는 아이』, 열린어린이, 2005
  세상에 사는 게 쉬운 사람은 아무도 없습니다. 모두 자신만의 관음죽을 바라보며 어려
  움을 극복해 나갈 뿐이지요.

구문초

Rose geranium

인류의

위대한 발명품 중 하나로

꼽히는 청바지.

옛날에는 청바지의 푸른색을 내기 위해

구문초 염료로 염색을 했다고 합니다.

골드러시 시대의 모기들은 구문초로 염색한

청바지 앞에서 U턴했을까요?

아니면 직진했을까요?

- 학명   *Pelargonium rosium*
- 분류   쥐손이풀과
- 형태   한해살이풀, 여러해살이풀, 또는 관목
- 원산지   남아프리카
- 화분 놓는 곳 햇빛이 잘 드는 곳
- 물 주기   겉흙이 바싹 마른 느낌이 들 때
- 특징   너무 습하면 싫어하므로 화분의 흙이 바싹 마른 다음 물을 주는 게 좋습니다.
- 꽃말   선택
- 그림책 한 권 케빈 헹크스, 『난 내 이름이 참 좋아!』, 비룡소, 2008
           구문초가 스스로 이름을 짓지 않았듯 우리도 자신의 뜻과 관계없이 붙여진 이름을 갖고
           싶다. "난 내 이름이 참 좋아!"라고 자신 있게 외칠 수 있나요?

Capsicum pepper

단맛,

짠맛,

쓴맛,

매운맛….

어떤 맛이   가장 끈질길까요?

기원전 6500~5500년 멕시코 유적에는 고추를 사용했던

흔적이 남아 있다고 합니다.

그렇다면 매운맛 승? 매운맛, 참 오래갑니다.

- 학명   *Capsicum annuum* var. *abbreviatum*
- 분류   가지과 한해살이풀
- 원산지   중앙아메리카, 남아메리카
- 화분 놓는 곳   햇빛이 잘 드는 곳
- 물 주기   화분 겉흙이 말랐을 때
- 특징   햇빛이 잘 드는 곳에 둘수록 고추의 빛깔이 예쁘고 선명해집니다.
- 꽃말   어릴 적 친구
- 그림 책 한 권   유애로, 「쪽빛을 찾아서」, 보림, 2005
              물장이는 끊임없이 찾아 헤맨 끝에 쪽빛을 만날 수 있었습니다. 쪽빛에는 물장이가
              기다렸던 시간의 깊이가 들어 있습니다.

꽃기린

Christ plant

속명인 오이포르비아*Euphorbia*는

먼 옛날 아프리카 북서부에 있었던 마우레타니아Mauretania

왕국의 의사 유포르보스Euphorbos에서 유래됐습니다.

그리스신화에도 같은 이름이 등장하죠.

트로이의 장수였던 에우포르보스Euphorbos는

창술과 기마술의 일인자였다고 하는데,

그리스의 철학자 피타고라스가

자신이 에우포르보스의 환생이라고 믿었답니다.

그러고 보니 꽃기린 줄기가 기다란 창처럼

보이기도 합니다.

- 학명   *Euphorbia milii* var. *splendens*
- 분류   대극과 다육식물
- 원산지   마다가스카르
- 화분 놓는 곳   햇빛이 잘 드는 곳
- 물 주기   흙이 바싹 말라 건조한 느낌이 들 때
- 특징   잎이나 줄기가 잘리면 우윳빛의 흰 즙이 나오는데, 이는 *Euphorbia*속의 특징입
                니다. 같은 속의 포인세티아도 꽃기린과 똑같이 잘린 부분에서 흰 즙이 나옵니
                다. 피부에 닿으면 좋지 않으니 주의하세요.
- 꽃말   자립, 독립
- 그림책 한 권   조은수, 유문조, 「그림 옷을 입은 집」, 사계절, 2002
                작은 꽃기린 화분 하나를 보면서 멋진 여행을 떠날 수 있듯 깊은 산골 작은 암자
                에 그려진 탱화를 보면서도 또 다른 여행을 떠날 수 있습니다.

Sword fern

혹시 고사리꽃을 보신 적이 있나요?

있다면 거짓말 또는 착각!

네프롤레피스를 비롯한

고사리과 식물은 꽃을 볼 수 없습니다.

씨앗 대신 포자로 번식하니까요.

하지만

유럽에서는 하지(夏至)가 되면

아주 잠깐 꽃이 핀다고

믿기도 했답니다.

그런 마음 때문인지

이 식물의 꽃말은 '매혹' 혹은 '꿈'입니다.

- 학명   *Nephrolepis exaltata*
- 분류   고사리과 여러해살이풀
- 원산지   전 세계 열대에서 아열대
- 화분 놓는 곳   반그늘, 그늘
- 물 주기   겉흙이 마르기 전에 충분히 주세요.
- 꽃말   매혹
- 그림책 한 권   윤재인, 홍성찬, 『할아버지의 시계』, 느림보, 2010
  요즘 많이 쓰는 '빈티지'라는 말은 '온고지신(溫故知新)'의 또 다른 표현일지도 모릅니다. 할아버지의 시계는 과거와 현재뿐만 아니라 미래도 보여 줍니다.

덕구리란

Elephant's foot tree

덕구리란의 고향은 멕시코.

1870년 프랑스 사람에게
발견되어
유럽을 시작으로
전 세계에 알려졌습니다.
꽃을 보려면
인내심이 꽤 필요합니다.
10년 정도 지나야 피기 시작하거든요.
어찌나 꽃 보기가 어려운지 덕구리란의 꽃을
'환상의 꽃'이라 부른답니다.

- 학명   *Nolina recurvata*
- 분류   용설란과 나무
- 원산지   멕시코
- 화분 놓는 곳 햇빛, 반그늘
- 물 주기   화분 겉흙이 바싹 말랐을 때
- 특징   몸속에 물을 저장하고 있으므로 약간 건조한 느낌으로 키우는 것이 좋습니다. 물을
            자주 주지 마세요.
- 꽃말   많은 재능
- 그림책 한 권 제럴드 맥더멋, 「거미 아난시」, 열린어린이, 2005
            아난시의 여섯 아들에게는 멋진 이름이 있습니다. 아빠가 위험할 때 여섯 아들은 이
            름에 걸맞게 활약하며 아빠를 구하지요. 덕구리란에게도 이름값을 할 만한 멋진 새
            이름이 생기길!

278

란타나

Common lantana

너무 튼튼한 것도 죄가 될까요?

IUCN(세계자연보전연맹)이 정한
'세계 최악의 100대 외래 침입종'에
란타나도 뽑혔습니다.

아뿔싸! 그 달콤한 향기는 어쩌라고요.

- 학명   *Lantana camara*
- 분류   마편초과 나무
- 원산지   중앙아메리카와 남아메리카의 열대에서 아열대 지역
- 화분 놓는 곳 햇빛이 잘 드는 곳
- 물 주기   화분 겉흙이 말랐을 때
- 특징   약간 건조하게 키우는 게 좋습니다. 물을 너무 자주 주지 마세요. 꽃의 색깔이 변하는
           게 란타나의 가장 큰 특징인데, 최근에는 꽃의 색깔이 변하지 않는 품종도 개발되었
           습니다. 왜 만들었는지는 모르겠지만….
- 꽃말   합의, 협력, 확실한 계획성
- 그림책 한 권 데이비드 위즈너, 『아트 & 맥스』, 베틀북, 2010
           세상 모든 것은 변하기 마련입니다. 아트와 맥스처럼 변하는 것을 두려워하지 않고
           신나게 즐길 수 있으면 얼마나 좋을까요?

만데빌라

Mandevilla

뜨거운 햇볕이

쨍쨍 내리쬐는 여름은

사람뿐 아니라 꽃도 힘들죠.

하지만

나보란 듯 꿋꿋하게 줄기를 뻗고 꽃을 피우는 식물이 있습니다.

바로 만데빌라.

그래서 서양에서 만데빌라는 여름 정원을 꾸미는 대표적인 꽃 중 하나입니다.

- 학명   *Mandevilla*
- 분류   협죽도과 덩굴식물
- 원산지   멕시코에서 아르헨티나
- 화분 놓는 곳   햇빛이 잘 드는 곳
- 물 주기   화분 겉흙이 말랐을 때
- 특징   덩굴이 왕성하게 뻗으므로 덩굴이 타고 올라갈 지지대를 만들어 주면 울창한 만데빌
                라 숲을 즐길 수 있습니다.
- 꽃말   천사의 나팔 소리
- 그림책 한 권   앤서니 브라운, 『터널』, 논장, 2002
                터널 저편에 새로운 세계가 있다 해도, 깜깜한 터널에 혼자 들어가려면 두렵습니다.
                하지만 다른 방법이 없습니다. 무릎을 굽히고 직접 기어 들어가는 수밖에요.

구멍이 뻥뻥 뚫린 치즈처럼 생긴 몬스테라 잎.

그래서

'Swiss cheese plant'.

원산지 멕시코에서는 열매를 먹어서

'Mexican breadfruit'.

같은 식물도 사람 따라 불리는 이름이 제각각.

- 학명   *Monstera*
- 분류   천남성과 덩굴성 풀
- 원산지   중앙아메리카, 남아메리카의 열대 지역
- 화분 놓는 곳   반그늘
- 물 주기   화분 겉흙이 말랐을 때
- 특징   따뜻하고 습한 환경을 좋아합니다. 실내에 놓은 화분은 가끔씩 밖에 내놓고 분무기로 잎에 물을 뿌려 주세요. 잎에 벌레도 꾀지 않고 더욱 싱싱하게 자랄 거예요.
- 꽃말   기쁜 소식
- 그림책 한 권   파멜라 엘렌, 『메리네 집에 사는 괴물』, 키다리, 2009
     어른 눈에는 안 보이지만, 아이 눈에는 분명히 괴물이 보입니다. 괴물은 악당일 수도 있지만, 때로는 곁에서 아이를 지켜 주는 든든한 친구일 수도 있습니다.

백일홍

Zinnia

'지금부터 백 일만 산다고 생각하면

삶이 조금은

지혜로워지지 않을까.'

이해인의 『민들레의 영토』라는 시에서 백일홍이 '처음 보아도 낯설지 않은 고향 친구 같음니다. 또 오랫동안 함께 있으니까…'

- 학명   *Zinnia elegans*
- 분류   국화과 한해살이풀
- 원산지   멕시코
- 화분 놓는 곳   햇빛, 실내보다는 바깥이 좋습니다.
- 물 주기   화분 겉흙이 말랐을 때
- 꽃말   멀리 있는 친구를 생각하다
- 그림책 한 권   박윤규, 이광익, 『버리데기』, 시공주니어.
               2006 버리데기는 병든 아버지를 낫게 할
               약수를 찾아서 노력과 시간을 바칩니다. 덕
               분에 죽은 아버지는 다시 살아나지요. 귀한
               것일수록 손에 넣기 어렵습니다.

벤자민고무나무

Benjamin tree

잎이 아래로 자라서
'음(陰)의 식물'.

안정감과 이완 효과가 아주 그만!

침실에 두면
좋겠죠?

- 학명   *Ficus benjamina*
- 분류   뽕나무과 나무
- 원산지   인도, 동남아시아
- 화분 놓는 곳   햇빛, 반그늘
- 물 주기   화분 겉흙이 말랐을 때
- 특징   처음 사 온 벤자민고무나무는 새 환경에 적응하느라 일시적으로 잎을 떨어뜨립니다.
  하지만 곧 정상적으로 잘 자랍니다.
- 그림책 한 권   마치다 나오코, 「작은 개」, 북뱅크, 2008
  우리는 우리 이야기를 들어 주고 눈물을 닦아 줄 수 있는 누군가가 필요합니다. 그게
  벤자민고무나무나 작은 개처럼 살아 있는 존재라면 더할 나위 없이 좋겠지요.

비모란

Cactus plain

노란색,

주황색,

빨간색

색깔도 가지가지.

하지만

이름만 보자면

빨간색 비모란이 순수 혈통.

'비모란'의 '비'가

붉을 '비(緋)'거든요.

- 학명   *Gymnocalicium mihanovichii*
- 분류   선인장과 다육식물
- 원산지   북아메리카 남부에서 멕시코 일대
- 화분 놓는 곳   햇빛이 잘 드는 곳
- 물 주기   화분 겉흙이 바싹 마른 느낌이 들 때. 단 겨울에는 주지 않아도 됩니다. 휴면 기간이니까요.
- 특징   기르다 보면 윗부분에 동글동글 혹이 생깁니다. 이것은 자구(子球, 새끼 선인장)라고 하는데, 그대로 두면 어느 순간 흙 위에 떨어져 뿌리를 내리고 새 선인장으로 자라납니다.
- 그림책 한 권   브렌다 기버슨, 메건 로이드, 『선인장 호텔』, 마루벌, 1995
  선인장에 동물들이 찾아와 하나둘 구멍을 뚫고 살아도 선인장은 투덜거리지 않고 묵묵히 모두 받아 주었습니다. 호텔이 된다 해도 자신이 선인장인 건 변함없으니까요.

사랑초

Purple shamrock

풀로 그릇을 닦는다는 얘기

들어 보셨나요?

사랑초가 속한 괭이밥과의 풀들은 절에서 쓰는 동이나 철로 만든 도구,

혹은 거울을 닦는 데 쓰였답니다.

그래서 꽃말이 '빛나는 마음.'

- 학명   *Oxalis triangularis*
- 분류   괭이밥과 알뿌리식물
- 원산지   세계 각지
- 화분 놓는 곳   햇빛이 잘 드는 곳
- 물 주기   화분 겉흙이 말랐을 때
- 꽃말   당신을 버리지 않아요
- 그림책 한 권   아니타 로벨, 「어머니의 감자밭」 비룡소, 2003
                진짜 사랑은 받는 것이 아니라 주는 것이란 사실을 우리 어머니들은 몸소 보여 주십
                니다. 우리는 모두 그 어머니들의 무조건적인 사랑을 받아 먹으며 자랐습니다.

사철베고니아

Perpetual begonia

옛날 산토도밍고의 총독이자 식물 애호가였던

프랑스인 미쉘 베공Michel Begon.

그를 기념해 베고니아란 이름이 탄생했습니다.

- 학명   *Begonia semperflorens*
- 분류   베고니아과 여러해살이풀
- 원산지   브라질
- 화분 놓는 곳 햇빛, 반그늘
- 물 주기   화분 겉흙이 말랐을 때
- 꽃말   사랑의 고백
- 그림책 한 권 나시우치 미나미, 『구룬파 유치원』, 한림출판사, 1997

  주어진 틀에 맞춰 모 안 나게 성실히 사는 사람만 있다면 세상이 따분하지 않을까요?

  어쩌면 세상은 수많은 구룬파 덕분에 재미있고 신나는 곳이 되었는지도 모릅니다.

12세기 이탈리아 상업의

중심지였던

산세베로

San severo,

그곳의 왕자

라이몬드 디 상그로 Reimond de Sangro 를

기념하여 붙어진 이름,

산세비에리아!

- 학명   *Sansevieria*
- 분류   용설란과 여러해살이풀
- 원산지   아열대 아프리카
- 화분 놓는 곳 하루 종일 깜깜한 곳만 아니라면 어디서나 잘 자랍니다.
- 물 주기   화분 겉흙이 바싹 말랐을 때
- 특징   건조한 환경에 매우 잘 견딥니다. 약한 빛이 들어오는 실내에 둘 경우 한 달에 1~2번
            정도만 물을 주고, 겨울에는 물을 전혀 주지 않는 것이 좋습니다. 물을 너무 자주 주면
            잎의 아랫부분부터 무르면서 썩어 버립니다.
- 꽃말   관용
- 그림책 한 권 샬롯 졸로토, 아놀드 로벨, 「티격태격 오순도순」, 보물창고, 2009
            한번 밖으로 나온 말은 주워 담을 수 없습니다. 기분이 안 좋은 상태라면 말하기 전에
            잠깐 심호흡! 말할 때 내 기분은 듣는 사람에게 옮겨 갑니다.

세인트폴리아

Saintpaulia

세인트폴리아의 영어 이름은 '아프리칸 바이올렛'.

생김새가 제비꽃을 닮아서입니다.

하지만 세인트폴리아는 제스네리아과Gesneriaceae.

이웃사촌은커녕 사돈의 팔촌도 아닌 둘은 영원한 남남.

제비꽃은 제비꽃과.

- 학명 　　　　Saintpaulia ionantha
- 분류 　　　　제스네리아과 여러해살이풀
- 원산지 　　　탄자니아, 케냐
- 화분 놓는 곳 　햇빛이 잘 드는 곳
- 물 주기 　　　화분 겉흙이 말랐을 때
- 특징 　　　　세인트폴리아는 '아프리칸 바이올렛African violet', '아프리카 제비꽃'이라고 부르기도
　　　　　　　합니다.
- 꽃말 　　　　작은 사랑
- 그림책 한 권 　먼로 리프, 로버트 로슨, 『꽃을 좋아하는 소 페르디난드』, 비룡소, 1998
　　　　　　　남이 말해 주는 '나'가 아닌, 내 속의 '나'를 찾는 건 참 어려운 일입니다. 그럴 때 생각
　　　　　　　해 보세요. 나는 무엇을 하고 있을 때 가장 행복한가요?

천사의 눈물,

아기의 눈물,

병아리 눈물

^{최고} 연약하고 순수한 것들의 눈물은 무슨 빛깔일까요?

- 학명   *Soleirolia soleirolii*
- 분류   쐐기풀과 여러해살이풀
- 원산지   코르시카 등 지중해 서부의 섬
- 화분 놓는 곳   반그늘
- 물 주기   화분 겉흙이 말랐을 때
- 특징   직사광선을 싫어하므로 밝은 실내, 혹은 반그늘의 야외에 놓는 편이 좋습니다. 과습
            에 약하므로 물을 너무 자주 주지 않도록 하세요.
- 그림책 한 권   오스카 와일드, 제인 레이, 『행복한 왕자』, 마루벌, 1995
            아픈 소년, 추운 청년, 불쌍한 소녀, 그리고 가난한 사람들을 위해 왕자는 자신의 모
            든 것을 남김없이 주어 버립니다. 그리고 천국의 뜰에서 영원히 행복하게 살게 됩
            니다.

스킨답서스

Pothos

서양에서는 스킨답서스가 '영원한 부(富)'를 상징합니다.

그래서 은행이나 회사 사무실에서

곧잘 볼 수 있는 식물.

- 학명   *Epipremnum aureum*
- 분류   천남성과 덩굴식물
- 원산지   솔로몬제도
- 화분 놓는 곳 반그늘
- 물 주기   화분 겉흙이 말랐을 때
- 특징   스킨답서스*Scindapsus*란 이름은 지금의 학명인 에피프렘눔*Epipremnum* 이전의 학명입
             니다. 서양에서 흔히 부르는 이름인 포토스*Pothos*는 그 이전의 학명이고요. 따라서 에
             피프렘눔, 스킨답서스, 포토스는 모두 이름만 다를 뿐 같은 식물입니다.
- 꽃말   우아한 심성
- 그림책 한 권 백석, 『여우난골족』, 창비, 2007
             정신없이 변하는 세상 속에서 우리는 때때로 손에 꼭 쥐고 있어야 할 것까지 변화의
             물결에 떠내려 보내곤 합니다. 고향, 가족, 명절…. 때로는 그립습니다.

스파티필룸

Peace lily

스파티필룸은 천남성과 식물입니다.

사극을 보면

임금이 내리는 사약을 마시고

피를 토하며 죽는 장면이 나옵니다.

그 사약이 바로 천남성으로 만든 거죠.

그렇다면 스파티필룸도?

괜찮습니다.

스파티필룸에는 그렇게 무시무시한 독은 없습니다.

- 학명   *Spathiphyllum*
- 분류   천남성과 여러해살이풀
- 원산지   중앙아메리카, 남아메리카, 말레이시아 남동부
- 화분 놓는 곳 반그늘
- 물 주기   화분 겉흙이 말랐을 때
- 특징   어두운 곳에서도 잘 자라지만, 밝은 실내나 반그늘에 있을 때 꽃 모양이 가장 예쁩니다.
- 꽃말   상쾌
- 그림책 한 권   마레크 베로니카, 『라치와 사자』, 비룡소, 2001
              아이는 부모의 보호를 받으며 자라지만, 언젠가는 부모 곁을 떠날 수밖에 없습니다. 하
              지만 아무 걱정 없습니다. 몸만 멀어질 뿐 마음은 언제나 부모와 이어져 있을 테니까요.

싱고늄

Arrowhead vine

'Arrowhead vine'이란 이름은

잎의 생김새가 화살촉을 닮아 붙은 이름.

잎이 점점 커 갈수록

화살촉보다 새의 발을 닮아가는 듯합니다.

- 학명   *Syngonium podophyllum*
- 분류   천남성과 덩굴식물
- 원산지   바하마
- 화분 놓는 곳   반그늘
- 물 주기   화분 겉흙이 말랐을 때
- 특징   어두운 곳에서도 잘 자라는 편이므로 1년 내내 실내에 두어도 좋습니다.
- 꽃말   기쁨
- 그림책 한 권   그웬 스트라우스, 앤서니 브라운, 『잘 가, 나의 비밀친구』, 웅진주니어, 2007
            내 속에는 내가 너무나 많습니다. 어느 게 정말 나일까요? 진짜 '나'를 찾으려면 '너'와
            만나야 한다는 걸 에릭은 마샤를 만나서 알게 됩니다.

292

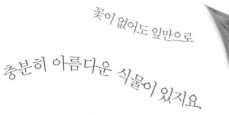

꽃이 없어도 잎만으로

충분히 아름다운 식물이 있지요

그리스어로 '빛나는 실'이라는 어원을 갖고 있는 아글라오네마.

멋있는 잎의 무늬에 감탄하게 됩니다.

- 학명   *Aglaonema*
- 분류   천남성과 여러해살이풀
- 원산지   말레이시아
- 화분 놓는 곳   반그늘, 그늘
- 물 주기   화분 겉흙이 말랐을 때
- 특징   따뜻하고 습한 곳이라면 햇빛 없이 인공 조명만으로도 잘 자랍니다.
- 꽃말   영리하다
- 그림책 한 권   헬메 하이네, 『세 친구』, 시공주니어, 1998

            쥐와 닭과 돼지는 정말 친한 친구입니다. 어떻게 다른 동물끼리 친구가 될 수 있냐고
            요? 그 답은 책의 맨 앞부분에 있습니다. 어려운 일을 돕는 친구가 진짜 친구!

아디안툼

Maidenhair fern

'젖지 않는다'라는

뜻의 그리스어 'adiantos'가 어원입니다.

빽빽하게 모여 자라는 작은 잎이 물을 튕겨내기 때문이지요.

- 학명   *Adiantum raddianum*
- 분류   고사리과 여러해살이풀
- 원산지   브라질을 비롯한 열대 아메리카
- 화분 놓는 곳   반그늘, 그늘
- 물 주기   화분 겉흙이 마르기 시작할 때
- 특징   뿌리에도 물을 주지만, 잎에도 물을 자주 뿌려 주는 게 좋습니다. 잎의 뒷면을 보면 갈색의 작은 점이 보일 때가 있는데 벌레가 아니라 포자가 들어 있는 주머니이니 걱정하지 마세요.
- 꽃말   천진난만
- 그림책 한 권   이춘희, 박지훈, 『똥떡』, 사파리, 2011
  지금 화장실에서는 물 한 번 내리면 모든 게 사라져 버립니다. 하지만 옛날 뒷간은 자연 순환의 고리 역할을 하고, 수많은 이야기가 태어나는 공간이었습니다.

미국 북동부에 있는 여덟 개의 명문대학을 일러 '아이비리그'라고 하지요.

줄여서 '아이비스 ivies'라고도 합니다.

그 이유는 아시죠?

이들 대학의 건물이 아이비로 뒤덮여 있기 때문입니다.

이들 대학에는 졸업식 축하 행사에서

아이비를 심는 풍습이 있다고 하지요.

- 학명   *Hedera helix*
- 분류   두릅나무과 나무
- 원산지   유럽, 북아프리카, 아시아
- 화분 놓는 곳 반그늘
- 물 주기   화분 겉흙이 말랐을 때
- 특징   튼튼하고 자라는 속도가 빠르기 때문에 화단의 테두리에 심거나 다른 식물과 한 화분
           에 모아 심어도 좋습니다.
- 그림책 한 권 미야니시 타츠야, 「나는 티라노사우루스다」, 달리, 2011
           험한 공룡 세계에서 프테라노돈은 부모와 갑자기 헤어지지만, 자신 앞에 닥친 일을
           혼자서 잘 헤쳐 나갑니다. 부모가 준 가르침과 사랑 덕분이지요.

안개초

Baby's breath

죽.어.서.도.그.대.로.피.어.있.는.가.

누군가는 안개초를
'녹지 않는 눈송이'라고 합니다.
시인 정호승은 안개초를 보고,
'얼마나 착하게 살았으면
얼마나 깨끗하게 살았으면
죽어서도 그대로 피어 있는가'라고
읊조립니다.

- **학명**　　　*Gypsophila elegans*(한해살이 안개초), *Gypsophila paniculata*(여러해살이 안개초)
- **분류**　　　석죽과 한해살이풀, 여러해살이풀
- **원산지**　　아시아, 유럽
- **화분 놓는 곳**　반그늘
- **물 주기**　　화분 겉흙이 말랐을 때
- **특징**　　　여러해살이 안개초는 정확하게는 '숙근 안개초'라고 부르는 것이 맞습니다. '숙근(宿根)'이란 매년 일정 기간(주로 겨울) 성장을 멈추고, 땅 위에 나와 있는 부분이 시드는 식물을 뜻합니다. 한해살이풀에 비해 꽃이 피어 있는 기간은 짧지만 추위에 강하고 튼튼해 키우기는 쉬운 편입니다.
- **꽃말**　　　감사, 기쁨, 맑은 마음
- **그림책 한 권**　진 화이트하우스 피터슨, 데보라 코간 레이, 『내게는 소리를 듣지 못하는 여동생이 있습니다』, 웅진주니어, 2011
  한 치 앞도 보이지 않는 안갯속을 걸어가야 할 때 함께 손을 잡고 갈 사람만 있다면 무서울 게 없습니다. 오히려 용기가 불쑥 솟아납니다.

프랑스의 인상주의 화가 오딜롱 르동이 그린

〈제라늄〉을 보셨나요?

종이에 흑연으로 그린 소묘 작품인데,

꽃봉오리가 맺혀 있는 모습을

아주 실감나게 묘사했습니다.

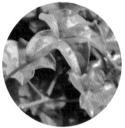

- 학명 　　　　*Pelargonium*
- 분류 　　　　쥐손이풀과 한해살이풀, 여러해살이풀, 나무
- 원산지 　　　남아프리카 등
- 화분 놓는 곳 　햇빛이 잘 드는 곳
- 물 주기 　　　화분 겉흙이 바싹 말랐을 때
- 특징 　　　　습한 환경을 싫어하므로 물을 너무 자주 주지 않는
　　　　　　　게 좋습니다.
- 꽃말 　　　　진실한 애정, 우정, 추억
- 그림책 한 권 　사라 스튜어트, 데이비드 스몰, 『리디아의 정원』, 시공
　　　　　　　주니어, 1998
　　　　　　　정원은 반드시 넓고 근사한 곳에 만들 수 있는 건 아
　　　　　　　닙니다. 화분 한두 개 놓을 자리만 있어도 리디아처럼
　　　　　　　다른 사람의 얼굴에 웃음꽃이 피게 할 수 있습니다.

카네이션

Carnation

1974년 포르투갈에서는

독재 정권을 타도하기 위한 쿠데타가 일어납니다.

리스본 시내에 운집한 시민들은 빨간 카네이션을 들고

자유와 민주를 외쳤죠.

그래서 빨간 카네이션은 비폭력 혁명을 상징하게 되었고,

이 역사적 사건을

'카네이션 혁명' 이라 부릅니다.

- 학명   *Dianthus caryophyllus*
- 분류   석죽과 여러해살이풀
- 원산지   남부 유럽, 서아시아
- 화분 놓는 곳 햇빛이 잘 드는 곳
- 물 주기   화분 겉흙이 말랐을 때
- 특징   꽃은 햇빛을 많이 받아야 오랫동안 피어 있고 색깔도 선명해집니다. 시든 꽃은 바로
             따 주어야 꽃봉오리에서 새 꽃이 잘 필 수 있습니다.
- 꽃말   사랑, 존경(빨간 카네이션), 사랑, 애정(분홍 카네이션)
- 그림책 한 권 미셸 게, 「꼬마 원시인 크로미뇽」, 웅진주니어, 2002
             인간은 끊임없이 스스로를 발전시켜 나갑니다. 그런데 혹시 지금의 어른들은 보호라
             는 핑계로 아이들의 이런 본능을 막고 있는 건 아닐까요?

프랑스의

식물학자 미셸 아당송 Michel Adanson은

중국의 식물 '가람채(加籃菜)'를 보고,

비슷하게 생긴 이 식물에

'칼란코에'라는 이름을 붙였습니다.

 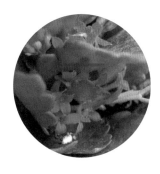 

- 학명 　　　　　 *Kalanchoe*
- 분류 　　　　　 돌나물과 다육식물
- 원산지 　　　　 마다가스카르, 아프리카
- 화분 놓는 곳 　 햇빛이 잘 드는 곳
- 물 주기 　　　　화분 겉흙이 바싹 말랐을 때
- 꽃말 　　　　　 평판, 인기, 인망
- 그림책 한 권 　 최민오, 「꿀꿀돼지」, 웅진주니어, 1998
　　　　　　　　욕심쟁이 사또나 가난한 백성들은 아랑곳하지 않고 열심히 꿀과 재물을 모으다가 결
　　　　　　　　국 죽고 맙니다. 욕심이 과하면 비극이 된다는 사실을 사람만 모르는 듯합니다.

콜레우스

Flame nettle

꽃말이
'절망적인 사랑'이라니!

왜 그럴까요?

꽃이 피자마자 사람들이 꺾기 때문입니다.

꽃으로 갈 영양분을 잎으로 보내 더 아름답고 화려한 잎을 보기 위해서죠.

때로는 꽃보다 잎이 더 소중하다는 사실!

- 학명　　　　　*Coleus*
- 분류　　　　　꿀풀과 한해살이풀 혹은 여러해살이풀
- 원산지　　　　열대 및 아열대 아시아, 아프리카, 오스트레일리아, 태평양제도
- 화분 놓는 곳　햇빛이 잘 드는 곳
- 물 주기　　　　화분 겉흙이 말랐을 때
- 꽃말　　　　　절망적인 사랑
- 그림책 한 권　김대규, 『춤추고 싶어요』, 비룡소, 2012
　　　　　　　　지금도 사람들은 지구 어디선가 끊임없이 싸우고 있습니다. 신이 사람들에게 마법을
　　　　　　　　걸어서 모두 무기를 내려놓은 채 밤새 춤을 추고, 밤새 꿈을 꾸면 좋겠습니다.

크로톤

Croton

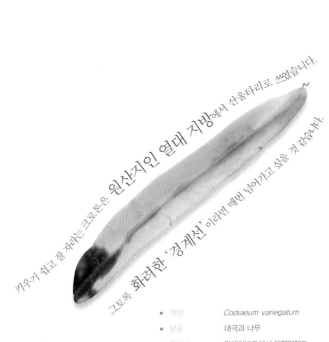

키우기 쉽고 잘 자라는 크로톤은 **원산지인 열대 지방**에서 산울타리로 쓰였습니다.

그토록 **화려한 '경계선'** 이라면 매번 넘어가고 싶을 것 같군요.

- 학명 ·   *Codiaeum variegatum*
- 분류 ·   대극과 나무
- 원산지 ·   말레이반도에서 태평양제도
- 화분 놓는 곳 ·   햇빛이 잘 드는 곳
- 물 주기 ·   화분 겉흙이 말랐을 때
- 특징 ·   크로톤의 잎을 아름답게 유지하려면 환한 빛과 높은 온도가 필요합니다. 빛이 안 드는 실내에 서는 잎도 잘 떨어지고 빛깔도 안 좋아진답니다. 아이들 키우는 거랑 정말 똑같지요.
- 꽃말 ·   요염
- 그림책 한 권 ·   마이클 갈런드, 『마법의 저녁식사』, 보림, 2003 같은 사물을 보아도 그 안에서 아이는 나만 볼 수 있는 것을 찾고, 어른은 누구나 볼 수 있는 것을 찾습니다. 자칫 잘못하면 어른은 돌처럼 딱딱하게 굳어 버릴 수 있습니다.

테이블야자

Parlor palm

야자는
성경에도 나올 정도로 오래 전부터
사람과 친근한 나무입니다.

성경에 나오는 '종려나무'가 바로 야자나무의 한 종류인

'대추야자'입니다.

- 학명　　　　　*Chamaedorea elegans*
- 분류　　　　　야자과 나무
- 원산지　　　　멕시코, 과테말라
- 화분 놓는 곳　햇빛, 반그늘, 그늘
- 물 주기　　　　화분 겉흙이 말랐을 때
- 특징　　　　　너무 건조하면 잎에 진드기가 생기기 쉬우므로 분무기로 잎에 자주 물을 뿌리며 깨끗
　　　　　　　　하게 닦아 주세요.
- 꽃말　　　　　마음의 평화
- 그림책 한 권　토미 드 파올라, 『올리버 버튼은 계집애래요』, 문학과지성사, 2005
　　　　　　　　사내아이들처럼 안 논다며 모두 올리버 버튼을 계집애라고 놀립니다. 하지만 그는 자
　　　　　　　　신이 원하는 길로 용기 있게 나아갑니다. 올리버 버튼은 스타입니다.

얼마나
배가
고팠으면!

제2차 세계대전 때 독일에 점령당한 네덜란드 사람들은

먹을 게 없어서

튤립 알뿌리로 끼니를 때우기도 했답니다.

- 학명   *Tulipa*
- 분류   백합과 알뿌리식물
- 원산지   지중해 동부 연안에서 중앙아시아
- 화분 놓는 곳 햇빛이 잘 드는 곳
- 물 주기   화분 겉흙이 말랐을 때
- 특징   튤립은 가을에 알뿌리를 심는 식물입니다. 이듬해 봄에 꽃이 피었다 시들면 줄기까지
               시들 때를 기다린 다음 알뿌리만 남겨 놓고 잘라 냅니다. 알뿌리는 그 상태로 계속 쉬
               고 있다가 꽃이 피는 계절이 되면 다시 줄기를 내고 꽃을 피웁니다. 알뿌리가 쉬고 있
               을 때는 물을 주지 않아도 되고, 새로 싹을 내려고 준비하는 늦가을(11월쯤)부터 물을
               주기 시작합니다.
- 꽃말   박애, 명성, 실망
- 그림책 한 권 옌 보이토비치, 스티브 애덤스, 『꽃이 피는 아이』, 느림보, 2007
               정상과 비정상을 인원의 많고 적음을 기준으로 나눌 수는 없습니다. 머리에서 꽃이
               피는 아이는 그저 남들과 다를 뿐 지극히 정상이고, 오히려 아름답기까지 합니다.

트리안

Wire plant

튼튼한 줄기와 귀여운 잎 덕분에
화관이나 결혼식 부케로 많이 쓰입니다.

아주 작은 꽃이 초여름에서 가을 동안 피는데

아주 자세히 보지 않으면 못 보고 넘어갈 수도 있습니다.

- 학명   *Muehlenbeckia çomplexa*
- 분류   마디풀과 여러해살이풀
- 원산지   뉴질랜드, 오스트레일리아
- 화분 놓는 곳   햇빛이 잘 드는 곳
- 물 주기   화분 겉흙이 말랐을 때
- 특징   분무기로 잎에 물을 자주 뿌려 주면 건조함을 막을 수 있습니다.
- 그림책 한 권   전미화, 「눈썹 올라간 철이」, 느림보, 2009

  집에서도 학교에서도 아무도 철이가 하는 말에 귀를 기울이지 않습니다. 우리 집 철이는 지금 무슨 말을 하고 싶어 할까요?

팬지에게는 원래 좋은 향기가 났습니다.

하지만 이 때문에 사람들이 자꾸 꽃을 꺾었죠.

그러자 팬지가 신께 빌었다고 합니다.

" 제발 향기를 없애 주세요."

신은 이 기도를 들어주었고,

그래서 지금 팬지에게는 향기가 없습니다.

믿거나 말거나.

- 학명   *Viola wittrockiana*
- 분류   제비꽃과 한해살이풀
- 원산지   북유럽
- 화분 놓는 곳   햇빛이 잘 드는 곳
- 물 주기   화분 겉흙이 말랐을 때
- 특징   꽃가게에 팬지와 함께 진열되어 있는 꽃으로 비올라가 있습니다. 비올라는 얼핏 팬지와 매우 비슷해 보이지만, 사실은 육종에 사용된 원종이 다른 꽃입니다. 팬지가 꽃의 직경이 4센티미터 이상으로 대개 꽃 가운데에 눈이 있는 데 반해, 비올라는 꽃의 직경도 작고 역삼각형 모양의 꽃이 빽빽하게 붙어 있습니다. 하지만 최근에는 팬지와 비올라 사이에 새로운 품종이 계속 등장하면서 그 경계가 점점 애매해져 가고 있는 추세입니다.
- 꽃말   깊은 생각에 잠김. 상념
- 그림책 한 권   이보나 흐미엘레프스카, 『파란 막대 파란 상자』, 사계절, 2004
                팬지처럼 생각의 씨앗을 만들고 싶다면 우리 주변에 있는 물건들로도 충분합니다. 막대와 상자를 무슨 용도로 쓸 수 있을까요? 생각, 또 생각!

페페로미아

Radiator plant

꽃이 피어도 못 알아볼지 모릅니다.

쥐꼬리처럼 생긴 꽃은 보통 꽃들과는 생김새가 너무 다르니까요.

하지만 방법이 없지는 않죠.

'뭔가 다른 게 생겼네!'

눈여겨보는 관찰력과 '너도 꽃으로 인정할게' 하는 포용력과

'개성 있어서 좋다'

하는 심미안만 있다면 얼마든지 알아볼 수 있어요.

- 학명   *Peperomia*
- 분류   후추과 여러해살이풀
- 원산지   열대에서 아열대
- 화분 놓는 곳 그늘
- 물 주기   화분 겉흙이 말랐을 때
- 꽃말   풍성, 아름다운 나날
- 그림책 한 권 배봉기, 김선남, 『날아라, 막내야』, 사계절, 2006
             떠나지 않으면 안 될 때가 있습니다. 하지만 용기가 안 나서
             발이 떨어지지 않는다면, 곁에 있는 누군가가 애정을 담아 말
             해 줘야겠지요. "날아라, 막내야!"

포인세티아

Christmas flower

포인세티아의 다른 이름은

홍성목紅星木,

'붉은 별 나무'라는 뜻입니다.

만약 밤하늘의 별에도 저마다 색깔이 있다면

사람들이 밤마다 고개를 처들고 있겠죠?

- 학명 　　　　Euphorbia pulcherrima
- 분류 　　　　대극과 나무
- 원산지 　　　중앙아메리카, 멕시코
- 화분 놓는 곳 　햇빛이 잘 드는 곳
- 물 주기 　　　화분 겉흙이 말랐을 때
- 특징 　　　　줄기와 잎이 잘린 부분에서 우윳빛 액이 나오는데
　　　　　　　유독성이므로 되도록 만지지 않는 편이 좋습니다.
- 꽃말 　　　　축복하다
- 그림책 한 권 　토미 드 파올라, 『포인세티아의 전설』, 비룡소, 2007
　　　　　　　뭐든지 겉만 봐서는 모릅니다. 그 속에 숨어 있는 이
　　　　　　　야기를 들어봐야만 진짜 모습도 보이지요. 그 대상
　　　　　　　이 작은 꽃 한 송이일지라도 마찬가지입니다.

피튜니아

Common garden petunia

18세기 중반 파라과이에서 하얀 꽃 피튜니아가 여행을 떠납니다.

19세기 초반 브라질에서 빨간 꽃 피튜니아가 여행을 떠납니다.

마침내 유럽에서 만난 하얀 꽃과 빨간 꽃.

그 교배종이 지금 우리가 만나는 피튜니아의 시작이었습니다.

- 학명   *Petunia hybrica*
- 분류   가지과 한해살이풀 혹은 여러해살이풀
- 원산지   남아메리카
- 화분 놓는 곳   햇빛이 잘 드는 곳
- 물 주기   화분 겉흙이 말랐을 때
- 특징   축축한 것보다는 건조한 것을 좋아합니다. 따라서 물을 너무 자주 주기보다는 물을 줄 때 흠뻑 주는 게 좋습니다.
- 꽃말   마음이 부드러워지다
- 그림책 한 권   피터 브라운, 「호기심 정원」, 웅진주니어, 2009
  도시에는 사람만 있는 것 같지만, 실은 많은 생명이 함께 어울려 살고 있습니다. 내 주위에서 자라고 있는 꽃 한 송이, 풀 한 포기에 눈을 돌려 보세요.

행운이 거저 굴러들어오는 건 아니죠.

행운목을 보세요.

만들어 내야 하는 게 아닐까요.

행운이란 우리가 처럼 가꾸고

통나무처럼 생긴 줄기를 외국에서 수입해

농장에서 뿌리와 잎을 기워 내장아요.

- 학명 *Dracaena fragrans*
- 분류 용설란과 나무
- 원산지 기니
- 화분 놓는 곳 햇빛이 잘 드는 곳
- 물 주기 화분 겉흙이 말랐을 때
- 특징 환한 실내에 두는 것이 가장 좋기는 하지만, 그늘에 두더라도 잘 자랍니다.
- 그림책 한 권 그림 형제, 펠릭스 호프만, 『행복한 한스』, 비룡소, 2004
  우리는 무거운 금덩이가 행복이라 여기고 평생 그것을 짊어지고 삽니다. 그런데 한스는 그 금덩이를 우물에 빠뜨리더니 행복해졌다고 소리칩니다. 한스는 바보 아닐까요?

309

호야

Wax plant

여름에 주로
꽃을 피우는 호야는 줄
기가 어느 정도 길게 자라야 꽃봉
오리가 생기기 쉽습니다. 처음 피우기
는 어렵지만, 한 번 피우면 그다음부터
는 잊지 않고 해마다 꽃을 보여 줍니다.
별 모양으로 둥글게 피는 호야
꽃. 향기는 또 얼마나 좋은
지요.

- 학명   *Hoya camosa* (L.f.) R. Br
- 분류   박주가리과 덩굴식물
- 원산지   아시아 동부에서 오스트레일리아
- 화분 놓는 곳   반그늘
- 물 주기   화분 겉흙이 말랐을 때
- 특징   직사광선을 쬐면 잎의 색이 바래므로 창가보다는 실내 밝은 곳에 놓는 게 좋습니다.
- 꽃말   뜻밖의 만남
- 그림책 한 권   김서정, 한성옥, 『나의 사직동』, 보림, 2003
                추억한다는 것이 때로는 과거에 연연하는 것처럼 보일 수도 있지만, 추억이 쌓이고
                쌓여서 만든 게 바로 '지금'입니다. 추억이 지금 나 자신을 완성시켰습니다.

호스타

Daylily

세계 각지에서 해마다 각종 대회가 열립니다.

미국에서는 해마다

'그 해의 호스타Hosta of the year'

대회를 열어

가장 멋진 호스타를 뽑기도 합니다.

사람만 아름다운 자태를 뽐내라는

법은 없죠.

- 학명   *Hosta*
- 분류   백합과 여러해살이풀
- 원산지   동아시아
- 화분 놓는 곳 반그늘
- 물 주기   화분 겉흙이 마르기 전에
- 특징   건조한 곳보다는 축축한 그늘에서 잘 자랍니다.
- 꽃말   진정함
- 그림책 한 권 로버트 크라우스, 호세 아루에고, 『레오가 해냈어요』,
           아이세움, 2006.
           레오는 뭐든지 늦된 아이입니다. 이런 레오가 걱정되
           지만 부모가 할 수 있는 일이 없습니다. 결국 답은 레
           오만이 알고 있습니다. 레오는 잘할 수 있습니다.